同文書庫·厦門文獻系列 第四輯

繪秋樓詩鈔 小梅詩存

吴葆年 吴兆荃·撰

厦门大学出版社
XIAMEN UNIVERSITY PRESS
国家一级出版社
全国百佳图书出版单位

图书在版编目(CIP)数据

绘秋楼诗钞　小梅诗存/吴葆年,吴兆荃撰.—厦门:厦门大学出版社,2019.12
(同文书库.厦门文献系列.第四辑)
ISBN 978-7-5615-7583-3

Ⅰ.①绘…　Ⅱ.①吴…②吴…　Ⅲ.①古典诗歌—诗集—中国—清代　Ⅳ.①I222.749

中国版本图书馆 CIP 数据核字(2019)第 273139 号

出 版 人　郑文礼
责任编辑　薛鹏志　章木良
封面设计　李嘉彬
技术编辑　朱　楷

出版发行　厦门大学出版社
社　　址　厦门市软件园二期望海路 39 号
邮政编码　361008
总　　机　0592-2181111　0592-2181406(传真)
营销中心　0592-2184458　0592-2181365
网　　址　http://www.xmupress.com
邮　　箱　xmup@xmupress.com
印　　刷　厦门集大印刷厂

开本　787 mm×1 092 mm　1/16
印张　18.25
插页　3
字数　260 千字
印数　1～1 000 册
版次　2019 年 12 月第 1 版
印次　2019 年 12 月第 1 次印刷
定价　180.00 元

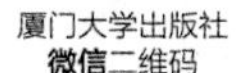

厦门大学出版社
微博二维码

目錄

前言

《繪秋樓詩鈔》，清吳葆年撰，係其子吳兆荃輯編，清光緒二十五年（一八九九）刻本。《小梅詩存》，吳兆荃撰，清同治三年（一八六四）借紅僊館刻板。吳氏父子均為清末廈門著名詩人，民國《廈門市志》『文苑傳』有傳。其詩多流傳，而詩集則已罕見，國家圖書館未著錄。現據廈門市圖書館藏本，合為一冊刊印。

一、吳葆年與《繪秋樓詩鈔》

吳葆年（一七九二—一八三三），字如南，一字湘筠，號梅臣，清同安縣廈門人。出生於望族世家，其父怡棠為清乾隆時舉人，授知府通奉大夫。『君其長也。弱冠隸學籍，食餼，以豫東例捐教職，署汀州永定縣學，加捐大理司直，再加鹽運副使。君能文，顧苦數奇，名登仕版而未往京就職，命也。』（柯培元撰《皇清誥授奉直大夫鹽運司運副梅臣吳君墓誌銘》，見《繪秋樓詩鈔》『墓誌附』）他逝世時年僅四十二歲，尚是强仕年華。民國《廈門市志》卷二十五『文苑傳』有與其子吳兆荃二人合傳，簡略。有別館『繪秋樓』，論者稱其『藏書萬卷，種竹數竿，海氣逼樓，琴聲似水，超然有古人風』（陳榮試《小梅詩存・序》，載吳兆荃《小梅詩存》卷首）。

吳葆年詩集《繪秋樓詩鈔》二卷，在他逝世三十多年後由其子兆荃（小梅）於同治七年（一八六八）重輯編成，又三十多年後由其孫韻琮（子璧）於光緒二十五年（一八九九）刊刻。『六十餘年遺集在，風流文采久逾新。』（王步蟾題詩）然此中頗多曲折。卷後吳韻琮跋語云：『先大父詩稿，向為伯父薇農公所藏。伯父見背，稿遂零落。先君極意搜尋，同治戊辰始得之。時已抱恙，力疾編輯，將付手民，不幸於是年棄養。韻琮承遺囑，握守是編。自愧讀書無多，不能校對，荏苒三十二年矣，抱恨殊深。今屬呂默庵、王桂庭兩孝廉同為校勘。亟述先志，付諸剞劂。』卷首楊浚序又稱：『文孫貞軒茂才，近遊予門，出此相示。先芬能誦，亦後來之秀。』楊浚（一八三〇—一八九〇），字雪滄，一字健公，晚號冠悔道人，福建侯官人，原籍晉江。歷主漳州、浯江、厦門各書院講席；『來厦主紫陽講席十有一年』，卒於厦。（厦門市地方誌編纂委員會辦公室整理《厦門市志（民國）》，方志出版社一九九九年版，第六八四頁）著有《冠悔堂詩鈔》等，清光緒間刻印。楊浚此序於清光緒辛巳年（一八八一），作於紫陽講舍（即紫陽書院）。雖未知入楊浚之門的文孫貞軒，是否即是韻琮，但可知，早在十八年前，吳葆年的孫輩即已為詩集的刊印請序於名家。

為此詩集作校勘的呂默庵、王桂庭二人，是清同光年間厦門最負盛名的文人。

呂默庵，即呂澂（約一八四六—一九〇八），字淵甫，號默庵，福建厦門人。清光緒光緒十九年（一八九三）癸巳恩科舉人，歷主厦門玉屏書院、紫陽書院和海滄滄江書院講席，擅詩古文辭。著有《青筠堂集》，已佚；詩集有《介石山房詩稿》（抄本今存）、《默庵詩選》（編入江煦、李俊承編《閩三家詩》，香港一九六二年版）。呂澂亦以書法名，入唐代大書家歐陽詢之室，《繪秋樓詩鈔》書名即為其題簽。

王桂庭，即王步蟾（一八四九—一九〇四），字桂庭，一字金波（一作金坡），福建厦門人。清光緒五年（一八七九）己卯科舉人。精研經史，兼究時務。曾任閩清縣教諭，旋歸厦門，先後掌教厦門禾山書院、紫陽書院，誘掖後進，不遺餘力。擅詩文，著有《小蘭雪堂詩集》，光緒二十九年（一九〇三）刊印。

《繪秋樓詩鈔》卷端除楊浚序和作者友人柯培元撰墓誌銘外，尚有諸家題辭。呂澂、王步蟾二人題詩作於詩集刊刻之年，其餘則為作者在世時的友朋酬唱之作。值得指出的是，其中有厦門名家李正華寄吳梅臣七律兩首，是其佚詩。詩錄如下：

奉寄梅臣大兄大人，即請削政。李正華望之

藉藉聲稱出少時，識君尚未識君詩。關心甘苦能知我，屈指才華更數誰。好古欲求千載上，論交應恨十年遲。如何五鳳修樓手，肯問山家舊草籬。

富貴知君付等閒，一編珠玉手教刪。少年同里周公瑾，麗句為鄰庾子山。暫就冷官聊偃蹇，敢希大業許追攀。高樓百尺元龍臥，顧我何人獲往還。

李正華（生卒年不詳），字望之，福建厦門人，清道光五年（一八二五）乙酉科拔貢，民國《厦門市志》卷二十五『文苑傳』稱其『曾主厦紫陽書院，門下多成名，著有《問雲山房詩文集》』（見《厦門市志（民國）》，第五五一頁）。《繪秋樓詩鈔》卷下有《題李望之明經煮雪圖》二首。李正華詩文著述多散佚，今傳詩集有二：一為《問雲山房詩存》，載於李禧詩集《夢梅花館詩鈔》卷首，厦門一九六三年刊印；另一為《問雲山房詩選》，收入江煦、李俊承編《閩三家詩》，香港一九六二年印行。二書所錄之詩基本相同，均缺收上引二首七律。

李禧十分看重李正華之詩及其詩學傳承。他曾從友人吳景川處，獲吳渭竹手抄李正華詩稿一冊，二十世紀二十至三十年代在厦門報紙上連載《紫燕金魚室筆記》，即列《李正華遺詩》等條目予以介紹，並錄其詩多首；四十年代編纂《厦門市志（民國）》，亦採錄其詩頗多；五十年代末知江煦在澳門輯刊閩詩家詩，又向江氏提出李正華遺集可刊。更為特別的是，在刊印自己的個人詩集時，把所獲李正華詩存一冊，附於卷前一併付梓，以使其免遭散失。一九五六年秋，李禧在擬刊《問雲山房詩存》題識中寫道：『此冊為吳景川同學所貽，冊有其世父渭竹丈小印。據《小梅詩存》稱，問雲山房詩文甚富，藏其婿侯錫恩家。李、侯二家後人已無識者，知問雲山房詩已湮沒久矣。渭竹丈從吳小梅先生學詩，而小梅又為望之先生再傳弟子，其詩脈一貫如此。』（李禧著《夢梅花館詩鈔》，厦門大學出版社二〇一六年版，第五頁）這裡勾勒了李正華一系詩脈傳承及其詩稿存佚。吳小梅即吳葆年子兆荃，渭竹即吳小梅受業宗侄吳澧中。吳小梅組詩《懷人詩》有《李明經望之太夫子》一首，似為李禧題識所據。詩云：『近學西昆古孟郊，詩人衣缽有誰交。予生縱晚偏同調，尚友何妨到漆膠。』自注：『明經著有《問雲山房詩文稿》，甚富，藏在女婿侯錫恩處。』（吳兆荃《小梅詩存》卷二，第二四頁）

《繪秋樓詩鈔》分上下二卷，共錄存吳葆年詩五十三題一百二十六首，卷後附室人謝氏七絕四首。

所存詩並不多，體裁以律絕為主，風格頗似晚唐，屬溫庭筠、李商隱一派。楊浚在為《繪秋樓詩鈔》所作序言中云：『國朝閩詩稱永福黃莘田先生，溫李派也。梅臣先生獨宗之，得其神髓，語語蘊藉，深合風人之旨。先生為鷺門望族，蕭然出塵，故其下筆清若壺冰，蓋多獲江山助也。』洵為確論。從中可知，吳葆年是通過學清代福建著名詩人黃任（莘田），進而親近晚唐溫李者。其七律如卷下《舟行》：『煙蓑雨笠客程催，放眼湖光一鑒開。數點山峰隨舵轉，幾聲雞犬報村來。江涵旅雁秋留影，柳覆殘霞水有限。所謂伊人知在否？蒹葭兩岸獨徘徊。』此詩開朗中略帶傷感，用語蘊藉，與晚唐七律甚為神似，確是風人之詩。

李禧《紫燕金魚室筆記》卷二有《繪秋樓詩集》條目，寫道：

> 廈人能詩者，阮旻錫、池直夫而後難覯其人。吳葆年著《繪秋樓詩》，子兆全著《小梅詩存》。兆全詩，余曾採入筆記。繪秋樓詩較小梅為旖旎纏綿，多香奩之作。其《秋夜曲》云：『銀蟾噴雪秋已深，蟲心吟老古牆陰。窗暗燈殘涼意迫，碪杵搗碎秋宵心。珊瑚枕上紅淚凍，紫簫吹斷秦樓鳳。辛風苦雨到人間，二十六年如一夢。』《明鏡曲》云：『麝奩七寶匣，菱花百鍊金。郎欲照儂面，儂欲照郎心。』《瀨溪道上》云：『細雨兩三點，衡茅四五家。溪流清可鑒，楓葉豔於花。波定鷺鷗寂，風高鳥雀斜。行行吟澤畔，暮色起殘霞。』『瀨溪塘外路，燈火曉邨微。日氣紅蒸樹，星光寒落衣。潮聲依岸立，江勢抱城飛。沙鳥應相笑，秋深尚未歸。』《秋日廢城遠眺》云：『一望平原萬木齊，荒郊幽草綠萋萋。百年樓閣哀碪杵，十里江潮接鼓鼙。山駐夕陽牛背晚，野涵秋影雁聲

低。振衣一嘯空天地，回首孤城日又西。』均有意致。（李禧著《紫燕金魚室筆記》卷二，見林爾嘉、李禧撰《頑石山房筆記・紫燕金魚室筆記》，廈門大學出版社二〇一七年版，第三一五頁）

李禧把吳葆年、吳兆荃父子，視為廈門自明末清初池顯方、阮旻錫之後少見的能詩者，可見吳氏父子在廈門詩史上具有較高的地位。但不必諱言，從總體上看，《繪秋樓詩鈔》題材比較狹窄，內容亦單薄。諒必吳葆年的詩作散佚已多。例如，卷首題辭錄有清道光來厦主講紫陽書院的陳珄的四首依韻和詩，但吳葆年的原玉卻失收；陳氏和詩有云『寄體七言真學杜，起衰八代又師韓』，而這種情形在詩集中也已難以尋跡，不復可見。

二、吳兆荃與《小梅詩存》

吳兆荃（？—一八六八），字丹農，號小梅，吳葆年之子。官教諭。清咸豐三年（一八五三）廈門告警，入提督王得祿幕僚，從戎殺賊。擅詩能文，輯編其父詩集《繪秋樓詩鈔》，又曾自編詩集《惜紅偎館詩存》。今存《小梅詩存》四卷，清同治三年（一八六四）惜紅偎館刊刻。

民國《廈門市志》卷二十五『文苑傳』有吳氏父子二人合傳。傳稱：

吳葆年，字如南，號梅臣。弱冠隸學籍，食餼，署汀州永定縣學，授大理司直。能文工詩，著《繪秋樓詩》二卷。子兆荃，字丹農，號小梅，受學於林晴皋太史，弱冠應院試，題為《子擊磬於衛》，其破題云：『為春秋之天下鳴之也。』學使彭相國，拍案叫絕。蘇鼇石制軍同賞之，贈句云：『萬里鵬摶初振羽，九苞鳳翥定和聲。』遊庠後，公卿倒屣禮聘。咸豐癸丑，廈門告警。入王得祿子爵幕，揮旗殺賊，議敘教諭。又奉檄往建甌，幫辦軍務。好吟詠，詩多豔體。從戎後，時露幽燕氣，五七古尤擅長，與黃小石部郎、陳秋崖司馬相唱和，著有《小梅詩存》。（《廈門市志（民國）》，方志出版社一九九九年版，第五五〇頁）

此傳述吳兆荃之事較詳，內容主要採自《小梅詩存》之陳采（字儀庭）序。《小梅詩存》也多述及本事，尤其是卷二《懷人詩》十六首，緬懷十六位師友，寫出了他們在自己生涯中留下的特殊印記，並加注說明，從中可窺見吳兆荃從戎之前的人生履跡。

《懷人詩》其一《彭相國詠莪夫子》有『讀到春秋頻擊節』之句，注云：『丁未歲試同安，題出「子擊磬於衛」。荃破題云「為春秋之天下鳴之也」。詠莪相國於復試日面加賞識，歎為不凡。』（《小梅詩存》卷二，第二三頁）其二《蘇制軍鼇石太夫子》句『萬里鵬摶勖後生』，注曰：『制軍極賞兆荃入泮破題意，撰句贈荃云：「萬里鵬摶初振羽，九苞鳳翥定和聲。」至今楹聯墨蹟猶新也。』（《小梅詩存》卷二，第二三—二四頁）丁未年即清道光二十七年（一八四七）。『彭相國詠莪』即彭蘊章（一七九二—一八六二），字琮達，一字詠莪，號小園，晚號詒谷老人，江蘇長洲（今蘇州）人。清道光十五年（一八三五）進士，授工部主事。官至武英殿大學士、軍機大臣。諡文敬。有詩名，著有《松風閣詩鈔》。『相國』在明清兩代是對內閣大學士、軍機大臣等執政的尊稱。彭蘊章於道光二十六年（一八四六）

十一月至二十九年（一八四九）五月出任提督福建學政，其間主持了丁未年的院試。『蘇制軍鼇石』即蘇廷玉（一七八三—一八五二），字韞山，號鼇石，晚號退叟，福建同安人。清嘉慶十九年（一八一四）進士，授翰林院庶吉士，改刑部主事，累官至四川總督加兵部侍郎。道光二十年（一八四〇）休官返鄉，定居泉州。著有《亦佳室詩鈔》《從政雜錄》等。『制軍』是明清時總督的別稱。蘇廷玉曾於嘉慶十五年（一八一〇）坐館於吳氏家塾，為吳葆年兄弟授業，故吳小梅稱其『太夫子』。蘇氏此贈聯，其《亦佳室詩文鈔》未收。吳小梅弱冠院試獲賞之事，在閩南士人中被傳為佳話。

陳采序嘗云：『（小梅）少為林晴皋太史入室弟子，古今詩文賦，並有著作，而詩一道，尤其酷嗜。……與黃小石部郎、陳秋厓司馬為忘年交。應鄉試，不能就有司繩尺，數薦不售。匡巳峰太守為同考時，最深惜之。』（陳采《小梅詩序》，載吳兆荃《小梅詩存》卷首）

吳兆荃之師林晴皋係晚清名士。林晴皋，名鶚騰，字薦秋，號晴皋，廈門人。清道光丁酉年（一八三七）舉人，庚子年（一八四〇）進士，官編修，留讀京師。民國《廈門市志》卷二十五『文苑傳』有傳，錄其題《吳蕾畦春江載酒圖》詩：『柔櫓蕩咿啞，春波皺碧紗。酒香吹作雨，花氣暈成霞。老我舟如葉，浮生鬢欲華。武陵何處是，還去問漁家。』林氏詩文書法俱佳，楷法端遒，臺灣進士施瓊芳（字見田，一字星階，施士洁之父）曾拜入門下，向其學書法。（見《廈門市志（民國）》，第五五二頁）吳小梅《懷人詩》之《林太史晴皋夫子》句云：『友竹齋頭曾立雪，瓣香何處說傳薪。』（《小梅詩存》卷二，第二四頁）友竹齋即林晴皋書齋名。吳小梅亦為鷺島名士楊鳴鳳弟子。『楊鳴鳳，字仲文，光緒間拔貢生，授教諭。吳丹農、苾農、杏農等，其高弟也。主講紫陽書院多年，造就甚宏。』（民國《廈門市志》卷二十五『文苑傳』；見《廈門市志（民國）》，第五五六頁）吳氏《懷人詩》亦有《楊明經仲文夫子》一題，自注云：『師喪葬之費皆荃出為集腋成裘。』（《小梅詩存》卷二，第二四頁）

陳采序言和民國《廈門市志》之吳氏傳，均言及吳氏的兩位摯友黃小石和陳秋厓，《小梅詩存》中也多見與二人的酬唱，卷二《懷人詩》有《陳秋厓司馬》《黃小石比部》二題，卷三《追憶良友感而有作》亦是追憶陳、黃二人。黃小石即侯官黃紹芳。『黃紹芳，字小石。幼穎悟絶人，鍾情吟詠。道光丙申進士，官刑部主事。素無宦情，未幾即乞養歸，家居杜門，益肆力於詩，所著有《蘭陔山館詩鈔》。』（清朱景星修、鄭祖庚纂《侯官縣鄉土志》之《耆舊錄》內編二『學業』，福州市地方誌編纂委員會整理，海風出版社出版二〇〇一年版，第三四一頁）黃紹芳曾出任臺灣海東書院山長，在晚清臺灣文壇頗有聲名。清末臺灣詩人林占梅《贈海東山長黃小石比部紹芳》云：『海內經師位望尊，登龍我亦仰君門。親人叔度波千頃，好客陳遵酒一樽。談劍氣豪肝膽露，論詩律細性情存。道傍傾蓋交如故，知己由來勝感恩。』（施懿琳主編《全臺詩》第七冊，臺灣文學館二〇〇八年版，第二〇一頁）從這首詩可見黃氏的聲望和為人。庚申年（一八六〇）他即將離開書院內渡時，曾作《寄懷丹農》五律八首，對其才藝、氣節及情誼甚為推許。吳小梅亦賦詩作答，並將之作為題辭錄於《小梅詩存》卷首。

另一位重要詩友陳秋厓司馬，即陳榮試，字秋厓，福建廈門人。清道光十七年（一八三七）拔貢，曾分發四川，以母老病辭官，終身不仕。能詩善書。他於道光戊申年（一八四八）為《小梅詩存》作序，而此詩集中也附錄其酬唱詩多首。陳秋厓與黃紹芳亦為知交。黃氏一八六〇年在《寄懷丹農》詩中自注云：『癸丑在溫陵贈陳筠竹詩有「汀雁行疏又斷群」之句，謂秋厓、嘉甫昆季先後喪逝。』（《小梅詩存》卷首，『題辭』第二頁）可知，陳秋厓在清咸豐癸丑年（一八五三）之前即已去世。

《小梅詩存》係吳兆荃病重期間從弟杏農為之付梓。卷首有廈門陳榮試、漵浦匡開益、龍溪孫長齡、廈門陳采、龍溪楊鳳來等五篇序言和作者自序，又列詹國梁、李家瑞、黄紹芳、張棠村等多人題辭。書名由楊鳳來題簽。楊鳳來（一八二七—？），字紫庭，一作紫亭，晚號止庭，福建龍溪人，寓居廈門，附貢生。時值廈門疫病流行，他施方藥，救活甚衆。工琴能畫，尤善篆刻，自輯《柏香山館印存》四卷，呂世宜、林樹梅為之序。著有《柏香居士遺集》，已佚。楊鳳來與吳小梅相知甚契，吳氏《懷人詩》有《楊紫亭茂才》一題，自注云：『茂才每於月夕花晨招予醉飲。』（《小梅詩存》卷二，第二六頁）

卷首所載張棠村題辭有長篇小序，述及題辭經過及時人對吳氏詩的評價，從中可知楊鳳來等友人對刊印此書的熱心。小序又言及題辭者李家瑞著《停雲閣詩話》，有一條專言吳兆荃。李家瑞（？—一八七六），字香蘋，號清臣，福建侯官人，長年為幕僚，曾主潮州韓山書院，後歷官廣東，又掌教臺灣，晚年回福州。著有《蕉雨山房詩集》《停雲閣詩話》等。其為吳小梅詩集題辭有云『不見梅村在，猶能識小梅』，又有『瓣香詩系』之語（《小梅詩存》卷首，『題辭』第一頁），可知其把小梅詩視為明末清初著名詩人吳偉業（梅村）一系。其所著《停雲閣詩話》，清咸豐五年（一八五五）侯官李氏初刻本八卷，後增刻至十六卷，惜未見。

《小梅詩存》四卷，後附《小梅試貼詩存》《小梅詩存補遺》，共錄存吳兆荃所作古今體詩三百一十首，另剩句二十八聯。

卷一、卷二收吳兆荃在廈從士大夫游時的詩作，內容多詠古、紀遊和酬唱、述懷。其中《懷人詩》

十六首是瞭解其生平的重要史料。己酉年（一八四九）所作《秋闈報罷》三首，抒寫落第心情，甚為深切。句如：『那知竟夕春闈夢，遲我秋風月桂攀。』已負紅顏，情何以堪。『敗北文猶傳眾口，圖南志肯負中年。』時乖運蹇，令人嘆惜。『名心淡入詩中畫，秋骨瘦於病後禪。』極見錘煉，為人傳誦。此外，有代表性者如《夫差》：『高臺百尺俯姑蘇，到底西施嫁五湖。廿載焦思能返國，三年報越竟亡吳。生前有量容勾踐，死後無顏見闔閭。千古英雄難並立，鴻門一宴復何如。』（《小梅詩存》卷一，第三頁）民國《廈門市志》採錄此詩，稱：『通首才氣兀臬，得未曾有。』（《廈門市志（民國）》，第七三七頁）

卷三所收起始於作者從戎行役途中，止於歸里後的最初幾年。吳兆荃於咸豐三年（癸丑年，一八五三）在廈請纓得儒官，丙辰年（一八五六）冬奉檄往建甌幫辦軍務，丁巳年（一八五七）即告假返里。千里征程，光景頻入詩篇，其中不乏曉風殘月之聲、裂石穿雲之曲。故陳采序謂其『從戎後，時露幽燕將氣』。

卷四為作者臥病後所作。吳兆荃於戎馬中抱恙而歸，接着便經歷亡妻喪子之痛，屢遭打擊，而病也愈重。他自稱『自庚申宿疾不愈，常在病蓐』（《告亡》小序，《小梅詩存》卷四，第五十頁）。此卷以庚申年（一八六〇）五月其子病卒後所作哀詩為開卷，其後『遇益窮，病益進，而詩益工』（陳采《小梅詩序》），然亦多苦語哀音。他嘗作《觀我五詠》，分別詠生、老、病、死、苦，而這些內容也成為這一時期詩作的主題和基調。《小梅詩存》付梓前，吳小梅自覺去人世不久，特作《告亡》詩繫於卷末，告別親友。詩云：『坐破蒲團卌四年，如來只得透參禪。隻雞斗酒無相祭，多買梅花種墓邊。』（《小梅詩存》卷四，第五十頁）詩意豁達，然詩前小序甚為哀怨，不錄。

《告亡》詩在廈門士人中廣為流傳。一九三七年陳桂琛編著《近代七言絕句續集》，亦選錄此詩，稱其『可與隨園索挽詩相埒』（陳桂琛編著《近代七言絕句續集》，廈門勵志學校一九三七年版，第八頁）。然陳桂琛所錄，與《小梅詩存》所載文字略有差異：第二句『只得透參禪』作『應許一參禪』，第三句『無相祭』作『休相祭』，末句『墓邊』作『墓田』。（《近代七言絕句續集》，第七—八頁）民國《廈門市志》稱此詩末句『人爭頌之』，所引亦作『墓田』。（《廈門市志（民國）》，第七三七頁）《告亡》詩的兩個版本，以陳桂琛所錄更佳。陳氏在錄後按語中稱：『先生尊人梅臣先生，舊有別館曰繪秋樓，予少時曾賃居其間，又與文孫考槃稔，因得讀其遺詩，其五七古，尤夭矯變化云。』（《近代七言絕句續集》，第八頁）可知，《小梅詩存》刊刻七十多年後，亦已稀見；而陳桂琛從作者後人處獲讀之遺詩，當是後來的再改稿。吳兆荃在詩存刊刻四年後去世，顯然，在這期間，他對自己已刊行的詩作又做了精心修改，惜改稿未能得以保存。

清道光和咸同時期，廈門士人少有以詩鳴者，更罕見詩集付梓流傳者。吳葆年、兆荃父子二人，詩集均得以輯編刊行，且流傳至今，這在廈門古代詩史上當屬僅見。二部詩集從搜集、刊刻到流傳，傾注了廈門幾代詩人的心血，從中也可見晚清以來廈門詩脈的傳承，因而具有獨特的意義。

洪峻峰

二〇一九年八月於廈門大學

繪秋樓詩鈔

呂澂題籤

光緒己亥冬開雕

繪秋樓詩鈔

本宅藏板

國朝閩詩稱永福黃莘田先生温李派也

梅臣先生獨宗之得其神髓語語蘊藉深合風人之旨先生為鷺門望族蕭然出塵故其下筆清若壺冰蓋多獲江山助也文孫貞軒茂才近游予門出此

相示先芬能誦亦後來之秀竊喜繩武有人淵源具在爲跋數語以歸之

光緒辛巳閏七夕温陵楊浚雪滄書於紫陽講舍之樹人簃

皇清誥授奉直大夫鹽運司運副梅臣吳君墓誌銘

山左柯培元撰文

歲甲申余奉檄督催臺運寓鷺門始識吳君梅臣其人磊落英多其詩文皆作金華殿中語余心異之與訂蘭譜而去嗣後余奉諱歸里再入閩補官隴頭梅花之贈屋梁月色之思蓋不得見者已近十年矣壬辰余分校棘闈梅臣來省試復相遇於報罷之時時方以不售扼腕欲往游武夷稍舒鬱結適余承乏甌邑攜手同行到甌見余初任諸凡叢雜因相助為理值歲暮竟以不游

而歸歸後執訊與書云家已析箸可酬其出山之志乃越數月而君之訃忽至天涯知己再見無由强仕年華天奪何速且也身為家督老母在堂地下人之遺憾何如矧余情同骨肉屬望殊殷有不為之傷心一慟哉姪輩寄行狀來請為銘墓誼不能辭因誌之君諱篠年字如南一字湘筠别號梅臣曾祖易齋公贈通奉大夫祖玉田公封通奉大夫父怡棠公乾隆乙卯科與伯兄同登鄉榜援例授知府通奉大夫母張太夫人生五丈夫子君其長也弱冠隸學籍食餼以豫東例捐教職署汀

州永定縣學加捐大理司直再加鹽運副使君能文顧
苦數奇名登仕版而未往京就職命也其生平行實畧
具于狀茲不贅余獨敘其相與離合之跡以見十年舊
雨臭味相投銘幽之詞舍我奚屬君生於乾隆壬子年
正月初一日辰時卒於道光癸巳年十月初五日戌時
得年四十有二元配謝宜人總鎮謝紫齋公女男子三
人長邦鐸娶陳名如洋君女次樹荃三兆荃未聘女一
人男孫二人以甲午年四月初二日酉時葬於廈門吳
村社坑內君沒後側室陳氏越二日殉節例得請　旌

并葬於穴之左畔為之銘曰

情如山心如水延陵家世不乏季子君獨軒然起大波隻手直欲挽銀河朝雲伴修地下史節義感人矢靡他生不敢當夕死不敢同穴人人歎息有餘烈附君以傳請示斯碣

題辭

君應明月認前身銀管金鍼孰比倫上國孝恭傳令德康齋家世本儒臣二千石有詩書訓五六人游浩蕩春忠厚載承情亦曠樂山樂水智兼仁

撚髭數字費吟安獨羨新詩壯紫瀾寄體七言真學杜起衰八代又師韓臨風絢綵三珠樹竟日生香一室蘭此福幾人修得到旹徒拔幟在騷壇

忽忽多年綰綬符不知剩有筆花無經還注我金谿陸棋任輸人玉局蘇此石情堅今以始如雲誼篤古為徒

斯行最爲班生羨，留得冰心在玉壺。

講舍還開鷺島旁，照人秋水白如霜。河憑槎放猶能記，風引舟廻詎可防。禮樂淑陶華侍坐，室家窺見賜之牆。祇將桃李殷勤植，慚愧君誇召伯棠。

道光壬午，余承觀察倪竹泉先生暨陞晉亭司馬延至鷺門主講紫陽，與　湘筠大兄大人一見如舊相識，論詩有鍼芥之投。荷惠佳什，依韻奉酬，訂交志佩，情在于斯，祈正之。　愚弟陳珄

花箋十幅寫新詞，牙板檀槽唱竹枝。清福幾人修得到，

行行讀畫坐絃詩

湘筠大兄出大作見示口號一截以題其集

道光丙戌五月中澣　　山左易堂柯培元

翩翩公子仰延陵，俊爽真同九月鷹。愧我才華終隱世，如卿品地乃堪丞。新知海角交難合，舊雨天涯夢幾曾。為報故人關注意，年來貧病至今仍。

久客方知世道難，征塵旅夢不曾安。頻年馳騁誰憐范，十載交遊幸識韓。每為江湖生白髮，那堪風雨憶金蘭。雄心未遂游心懶，夜夜牀頭把劍看。

小詩二首寄懷

湘筠大兄大人即請　大吟壇削政

晉水阮應侯石梅書於東瀛旅次

廣坐涼風五月秋海山萬點入高樓銅魚城遠江雲暗
石虎潮來島樹浮暫脫法冠耽水石自攜詩筆傲滄洲
借書每上清香閣茶話頻來為小留　奉題

梅臣大兄大人繪秋樓詩鈔　蘭屏弟李彥彬

藉藉聲稱出少時識君尚未識君詩關心甘苦能知我
屈指才華更數誰好古欲求千載上論交應恨十年遲

如何五鳳修樓手肯問山家舊草雜
富貴知君付等閒一編珠玉手教刪少年同里周公瑾
麗句爲鄰庾子山暫就冷官聊偃蹇敢希大業許追攀
高樓百尺元龍臥顧我何人獲往還　奉寄
樵臣大兄大人即請　削政　李正華望之

柴門自古幾詩人獨有先生邁等倫家世不慚吳季子
騷才如見屈靈均時逢鼎盛饒清福語涉鍾情出本真
六十餘年遺集在風流文采久逾新
光緒己亥仲秋讀

梅臣吳先生繪秋樓詩集率成俚句聊當題詞

鄉晚生王步蟾拜稾

鷺江春色滿詩樓獨采芙蓉繪素秋香草美人多別恨
幽蘭公子本離憂韶華荏苒歸文藻情緒纏綿憶舊遊
自是玉臺新詠體風流占斷小杭州

俚句奉題
梅臣吳先生繪秋樓詩集

己亥季秋鄉晚生呂澂拜稾

繪秋樓詩鈔卷上

同安吴葆年湘筠著
男兆荃丹農編輯
孫韻琮子璧謹刊

秋夜曲

銀蟾噴雪秋已深蟲聲吟老古牆陰窗暗燈殘涼意迫碪杵搗碎秋宵心珊瑚枕上紅淚凍紫簫吹斷秦樓鳳辛風苦雨到人間二十六年如一夢

明鏡曲

麝奩七寶匣菱花百鍊金郎欲照儂面儂欲照郎心

瀨溪道上

細雨兩三點，衡茅四五家。溪流清可鑑，楓葉豔於花。波定鷺鷗寂，風高燕雀斜。行行吟澤畔，暮色起殘霞。

瀨溪塘外路，燈火曉邨微。日氣紅蒸樹，星光寒落夜。潮聲依岸立，江勢抱城飛。沙鳥應相笑，秋深尚未歸。

秋日登望海樓次阮石梅原韻

新築樓臺近水邊，沿江修竹翠凌天。海雲一色迷秋渚，邨杵千家入暮煙。白水盟心依檻外，青山有約到門前。相逢題柱誇詩筆，才藻輸君是謫仙。

夜坐

滿院秋聲響落梧小窗坐對夜燈孤橫斜一幅湘簾影花月平分認畫圖

蕭蕭墜葉不堪聞冷落園林已十分閒卻西樓涼月色秋風消瘦沈休文

秋日廢城遠眺

一望平原萬木齊荒郊幽草綠萋萋百年樓閣哀碪杵十里江潮接鼓鼙山駐夕陽牛背晚野涵秋影雁聲低振衣一嘯空天地回首孤城日又西

同陳士竹明府游南普陀即次其韻

飛來五老結層阿，天雨斑斕散曼陀。入座香生心自妙，此山秋早氣猶和。參禪自覺新愁減，游客偏逢舊雨多。攜得一壺佳釀在，共澆壘魂醉顏酡。

叨陪飛舄一登臨，翠岫晴巒自古今。入定宰官同妙偈時士竹贈省已上人聯對有禪機，攜琴騷客鼓秋心林雲衣上舍席上鼓梧蕉樽衣碧天秋絮胡笳秋鴻等操。山川有幸留新詠，花鳥無言寫素襟。遙祝他年重載酒，舊游人喜共追尋。

和阮石梅回泉留別原韻

豪吟遊興正疏狂迴棹無端賦別忙匹馬秋風鳴寶劍
奚奴古錦聚詩囊津亭草綠遲歸路茅店燈殘夢曲廊
此去溯洄橋下水滿江露白與葭蒼
別緒秋風動遠岑河橋灞岸夕陽深折來楊柳皆離思
唱到驪歌寄好音珍重尊鑪懷故里殷勤車笠訂同心
他年重望西樓月對影清光恨不禁

阮石梅自湖南回出示湘游吟并岳陽樓畫册索
題率作應之

丙子榕垣識君面霞舉軒軒目如電一往情深投漆膠

相逢反恨晚相見從此爾我形骸脫宵坐談酣忘燭跋
知是不羈駿足才祖鞭馳騁長阪闊無何報罷三徑涼
蕭條門巷冷如霜黃菊瘦看陶隱士碧桐焦爨蔡中郎
此時相對數淪落濁醪痛飲離騷讀搔首辛酸感歲華
文章有淚秋風哭自茲蹤跡等浮萍君去荊楚我向汀
勞燕分飛愁隻影閩天楚水路冥冥荊湘名區稱七澤
選勝探奇窮古迹翠竹蒼梧帝子魂澧蘭沅芷騷人魄
登臨憑弔發幽思慷慨時吟懷古詞一曲長歌將進酒
酒酣喝月興淋漓人因客久著作富佳句奚囊盛不住

歸來示我湘游吟，珠玉風雲盈尺素。固知美玉琢成器，寶劍干霄磨愈利。自古蒼天每愛才，厚汝別存玉汝意。嗟余兀坐守蓬門，十載京華繫夢魂。鹽車被困霜蹄蹶，著鞭遲暮感劉琨。讀君詩，本羨君才，一曲一詠一徘徊。此身恨不隨鞭鐙，問訊尋幽借酒杯。敘中更出丹青筆，危欄斜倚夕陽立。想見當歌對酒時，萬頃湖光秋瑟瑟。君不見相如貧窮常作客，封禪書傳千萬策。又不見仲宣入洛賦登樓，悲歌浩歎長懷憂。男兒入世無知已，惟借山川大地為唱酬。

題林品三茂才便面即次其投句原韻

萍蹤偶寄鷺江頭姓字詩篇處處留舊曲芹香歌泮水
新腔樂府到涼州品高每愛梅為侶酒醉狂呼月作儔
此日朋簪欣契合相逢泥雪亦來由

哭阮石梅

哀雁銜來一紙書竟然消渴死相如荒唐我欲歌天問
雙淚何能濺太虛
滿天風雨夜牢騷鶴背橫騎唱大刀留得小春溪上景
年年腸斷武陵桃時正十月

車笠相逢正十年，盟心蘭譜尚依然。可憐一曲廣陵散，冷落西風斬七絃。

相親相近總相隨，小別經旬即怨思。今日與君成永訣，一棺長閉見無期。

人生知已一爲難，況過顛危已數番。詎料君歸吾獨在，胸中甘苦向誰言。

碧海青天路不通，夕陽一片晚山紅。哀猿落木秋風急，腸斷吳江一葉楓。

題蘇晴嵐廣文小照

一邱一壑半村半郭有臺有榭有花有木二美吾鬢皓齒明目童擎茗盌煉火煮瀑鳴琴在御如意懸玉彼何人斯其淡如菊人皆見其飄飄浩浩灑灑落落而莫喻其胸懷機趣之所寄託雖然胡爲乎有琴而不彈有茶而不酌豈以太上無欲自寫胸曲即而問之莞爾微笑永矢弗告

壽李鏡涵太守預慶百齡

爐煙輕繞綺筵開龍笛鵉笙奏上台今日黃堂歌燕喜稱觴先進百年杯

軒辭碧落到人間，滄海成田指下彈。怪底岳陽樓上客，何須短夢託邯鄲。

十七年來隱里門（太守汀郡卸篆已十七年矣），阿咸今又繼淵源（時令姪松吟先生宰同安）。閩邦一片桑麻地，盡是君家保護恩。

遂初亭畔淨無塵，曳雨拖雲坐綠茵。攜得清風雙袖冷，五湖詩酒謫仙人。

五雲樓閣煥祥煙，鳳尾龍孫擁舞筵。管領春光九十日，年年花下拜神仙。

三徑歸來一葉輕，松肪筍脯足長生。笑他曼倩還多事

何苦偷桃上玉京

秋夜過舊遊處

銀燈挑盡夜無聊，小閣沉沉咽玉簫。惟有滿階涼樹影，伴人閒度可憐宵。
蕭蕭墜葉半辭柯，長簟空牀怨綺羅。四壁蟲聲一庭月，今宵此處得秋多。

贈東瀛黃虛谷徵君

伊人遠在水之隈，驛信無由寄隴梅。又是池塘春夢後，幾時風雨故人来。牢騷沈約原多病，消渴長卿本異才

我望碧雲三十六夕陽斜照海潮迴
淋漓尺素墨縱橫珍重加餐萬里情愛我真同親骨肉
如君不愧大科名直卿志節冰霜勵叔度心懷水月清
猶記春泥盤馬路落花時節過南城

遣懷

面目生來不合時三分怪癖七分癡伯鸞操不因人熱
叔寶愁原解自知歲序何如幾兩屐浮生曾似一枰棋
笑他世上難知足直把滄波任漏卮
誤到人間卄載餘荆榛滿眼費刪鋤處身恍似驚弓鳥

得意難爲漏網魚消遣悶懷全借酒調停病體總宜書
何當散髮滄溟外鞭擊鯨龍上太虛

不是詩狂不酒顛三秋蒲柳歎蕭然事臨頭似棋爭刼
勢迫人如箭在弦文字無靈頻戰命怨聲難泯欲呼天
人間無限不平事願買黃金鑄劍仙

豈容於世肆多求千萬營爲總是休幾輩驅羊歸虎口
何人走馬占龍頭生能識字原非福長解多情即種愁
是幻是真誰悟到南華一卷問莊周

百般愁思總難開欲飲無心付酒杯自古榮華歸頃刻

不甘金石付塵埃世情真是莫須有富貴何如歸去來

我欲寄身居上界九閽路遠漫疑猜

白頭吟

忍淚難爲別吞聲只自悲如君輕棄置枉爾作男兒贈郎翡翠帶報儂鴛鴦綺儂情重如山郎意輕於紙薄倖多年少輕狂半才子所以白頭吟淒淒付一水去留難自主生死總由人爲容鮮悅已莫作女兒身

秋夜旅懷

夜色清如洗銀河一望長夢催蕉葉雨暑退荻花霜明

月斜松牖流螢聚草堂空階蟲唧唧倚檻怯新涼

旅館蕭條夜新涼枕簟生短檠知客味虛室集秋聲欲醉無佳釀高歌賦遠行不堪疏密雨窗外滴殘更

不寐

不寐宵難過挑燈起舊愁蟲聲吟古壁蟾影下危樓砧杵千家夢梧桐八月秋何時吹鐵笛一笑入羅浮

晚涼

晚潮挾涼意鐵馬微有聲淡月江上起茶煙榻外橫清狂消酒興多病減詩情坐聽銅壺漏空階文幾更

前惆悵詞

珠箔低垂護落紅春愁無奈隔牆東丁欄屈曲花迷路
甲帳氤氳蝶舞風絮果蘭因留爪印六張五角認身宮
關心最是褰帷顧竊恐相逢似夢中

芙蓉寶帳護瓊枝燭影簾波夢起時秀色流光看笑臉
春風消息入腰肢芳心展轉成蕉葉舊恨纏綿繫藕絲
賸有閒愁千萬種冰甌滌筆學題詩

竹影横斜映碧疏青溪白石閉門居佳期弱水三千路
明月芳年十五餘曉閣鴛鍼教婢繡春風鳳髻倩娘梳

近來雅好黃庭卷，夜夜瑤壇唱步虛。

知是湘妃是洛神，東風著色一枝春。三千綵鳳輕盈態，
十八宮鴉婀娜身。松柏西泠呼小小，畫圖南嶽喚真真。
獨憐眼意心期處，留與潘郎賦麗人。

爐火輕颺寶鴨焚，濃妝酒後見微醺。千絲懶作鳴蟬鬢，
六幅新裁蛺蝶裙。曉露蓮胎清似水，秋風桃命薄如雲。
不堪小閣紅牆外，一帶殘霞鎖夕曛。

遠山欲笑月雙彎，韻致嫣然見一斑。天遣多情疑薄命，
我因低唱識紅顏。春屏自寫芙蓉字，夜帳誰溫翡翠環。

亞字闌干人字柳燕勞愁煞一春還
擁髻微聞一歎興雙飛蛺蝶夢韓憑綠陰庭院春如水
紅雨樓臺夜有燈蠹粉殘香留貝葉鳥絲密字寫吳綾
何時鈿轂迎來日補屋牽蘿得未曾
瘦損纖腰裙帶寬美人坐對曲闌干漢宮袖底窺飛燕
唐韻軒中拜綵鸞簾內弄盆金釧響窗前敲燭玉釵寒
近來不忍抛紅豆獨對離騷怨澧蘭

坐月

玉宇蒼涼夜清光透斗牛菊殘三徑夢人數一庭秋螢

火明深院蟲聲遞小樓不堪楊柳曲吹動故鄉愁

聞笛

玉笛誰家弄秋宵月色闌聲沈深院落人倚曲欄干萬里關山渺三更旅夢寒何人同剪燭孤坐影珊珊

挑燈

獨坐黄昏後紗窗燭影明有花疑報喜帶淚似多情塞北人千里江南雁一聲頻挑無限思蕉雨滴殘更

得家書

閒曹散吏未歸身剝啄人來報錦鱗入手乍驚封套壞

細看還喜墨痕新折來急遽常嫌密讀去模糊覺未真
生怕平安成慰語幾番反覆問來人

永定學齋雜詠

鄉情客思遠于煙冷著閒曹又暮年生怕愁人無好夢
夜深不敢近牀眠

門庭如水夜如冰寂寞蕭齋畫旅情明月未能長友我
也曾瘦影伴三更

殘年暮雨鎖吟魂一卷南華夢漆園漫說冷官難入定
宦途此地是空門

香奩四詠

蘼蕪山下露華研，玉篆罘罳綴網連。顧影自憐梅共瘦，羞花含喚月為仙。紅脂一捻黏雲鬢，香氣三分上翠鈿。留得綠階雙屐印，苔痕草色不勝憐。春院簪花

心緒連宵亂似麻，曉寒深鎖玉清家。獸環門掩胭脂雨，龜甲屏翻荳蔻花。長笛新詞金縷曲，紅樓舊夢玉鉤斜。年年腸斷垂楊路，自託冰絃奏落霞。繡閣春愁

茶鐺藥臼鎖重重，憔悴香肌繡帶鬆。粗服亂頭西子態，愁顰病齒太真容。半簾梅影花枝瘦，百和香煙藥氣濃。

生怕空房驚夢後殘燈夜夜咽秋蛩 雲窗臥病
井梧搖落笛聲殘菊影重重鎖畫欄芳草池塘秋黯淡
西風碪杵夜闌珊丁簾玉檻青苔冷甲帳珠襦白月寒
消得閑愁深似海流螢小扇署羅紈 秋樓夜坐

題林雲衣表叔香雪海琴圖

買琴曾累典金鈿綠案而今痛斷絃留得鸞膠兼鳳髓
他生願續此生緣
宮音倏爾變商音黃鵠淒涼贈婦吟一自琯溪驚夢後
高山流水渺難尋

繪秋樓詩鈔卷下

同安吳禄年湘筠著　男兆荃丹農編輯
孫韻琮子璧謹刋

題李望之明經煮雪圖

月照庭除積雪多畫眉窗下煮茶歌消寒别課盧仝婢兩腋風生奈爾何

色香久已惹人憐何苦偷閒學少年也似老僧傳轉語西廂四壁破情禪

閨外舅謝紫齋軍門視篆浙江

重承
簡命仰
天恩四十年來奏績勤昔日指揮推老練今朝帷幄拜
元勲伏波號令行邊肅清獻心香入夜焚美錦不須虞
學製新將軍是舊將軍（軍門曾蒞江南提督歷蘇淞黄巖鎮總兵）
慈雲一別幾春秋竹馬重迎郭細侯列戟建牙新壁壘
綸巾羽扇舊風流仙姿不老精神壯
天語垂褒禮數優（軍門召見屢乞歸老上嘉其精神壯健步履輕捷并問海疆情形奏對詳明疊
賜克食）此日軍中留一范甲兵十萬表嘉猷

後惆悵詞

相逢衣帶記當年半額齊眉未覆肩四壁春風花窈窕三生綺夢月因緣丁香紅破霞腮媚邪酒暈添笑靨妍底事紫簫吹鳳去秦臺夜夜起秋煙

絕世丰姿絕世才回頭一笑萬花開芙蓉粉膩霞盈頰荳蔻香濃月滿腮湘帙新詞參絮果紅箋小字署花魁徐陵筆有珊瑚架畢竟閒情讓玉臺

本是名花第一嬌華年二八正垂髫十行雁柱朱絃瑟一管鸞聲紫玉簫小閣風風兼雨雨巫山暮暮更朝朝

而今夢斷登樓日長簟空牀感寂寥

承愛難忘没齒恩年年碧藕長情根裙邊唾玉懷新迹
枕上啼珠憶舊痕曉鏡春歸蝴蝶夢芳叢秋返海棠魂
可憐一片湔裙水惆悵桃花舊日門

舊曲霓裳怨綺羅東風無奈落花多三生豔福春如夢
小劫情天海有波秋雪冰絃留柱雁遠山斜月憶眉蛾
年年腸斷西樓笛遮莫桓伊喚奈何

綫番犯斗駕星槎親檢妝奩結六珈百襇金泥裙簇蝶
雙鬟黑漆髻堆鴉紅潮鎖頰冰關酒香氣薰人不在花

苦記文園消渴甚累他剔火夜煎茶
有時玉盞酌仙醽侍女扶肩酒未醒鞾鳳低垂橫鈿月
媚霞斜影壓春星柔情隱約如花軟韻語剪猶倚醉聽
欲託微波辭寂寂銀河不隔隔銀屏
青天碧海夜悠悠花草蔦香愌蹇脩密語赧羞多捲意
深情曲折又迴眸人因似月難留久色果傾城只合愁
不信佳期風雨妬年年清夢阻羅浮
生死相同共此心肯教容易負鴛衾雲鬟斜插搔頭玉
雪藕新纏繫臂金銀燭花低虛閣暗銅臺漏靜畫堂深

酒香紅被迢迢夜省識幽情怨不禁

瀑布

自將聲勢作波濤虎吼龍奔位置高流出人間隨冷暖
清寒不及在山多

看長生殿有感

夜雨淋鈴暗綠楊霓裳一曲九迴腸神仙縱有紅塵戀
鈿盒無由寄上皇

十索詞

晝長閒書史懷古情脈脈欲塡幼婦詞寫作夫人式閨

中無文具從郎索紙筆
荷蓋覆鴛鴦池塘飛輕絮小立曲欄干憐多轉愛護采
得並頭蓮從郎索佳句
點額壽陽妝長蛾崆峒態張郎畫若何願人稱絕代對
鏡理雙鬟從郎索螺黛
鬢髮疏未光羞對菱花鏡雙鬟墮馬妝兩頰飛蟬鬢欲
倣許飛瓊從郎索花勝
蟾影煩湘簾春風無拘束榴裙已偷卸鳳鞋猶挂足靜
坐理琵琶從郎索新曲

妝鏡壓飛塵，藥煙輕繞室。西風偶竊簾，秋氣侵人骨。多病日懨懨，從郎索參朮。

院落度流螢，松梢新月挂。滿身茉莉香，輕盈人似畫。數徧舊時歡，從郎索閒話。

儂是女相如，長懷消渴病。所需碧瓊漿，望梅何能醒。坐聽瓶笙曲，從郎索佳茗。

夜帳捲輕綃，宵枕鳴彩鳳。郎唱巫山詞，儂入羅浮夢。為郎盡綢繆，從郎索珍重。

得壻即為歡，隄防成鐵網。情密妬偏真，心多疑千種。為

閒白頭吟從郎索新寵

過風霜嶺

荆林行盡過風霜十里崎嶇峻嶺長返照一肩擔宿露
衝寒匹馬陟高岡蛇腰水湧涔池碧虎路雲封野徑涼
難得著鞭臻絶頂奇松怪石看青蒼

舟行

煙簑雨笠客程催放眼湖光一鑑開數點山峰隨舵轉
幾聲雞犬報村来江涵旅雁秋留影柳覆殘霞水有隈
所謂伊人知在否蒹葭兩岸獨徘徊

題蘇景東廣文小照

家世風流蘇玉局文章俊逸鮑參軍故應有此修来福
箕踞琴書看白雲

是儒是隱是神仙就裏難參妙裏禪解道匡廬真面目
前身明月正團圓

偶然作

十年壯志夢春明芳草天涯送遠行每借酒軍除病祟
難將慧劍破愁城青衫有淚懷司馬白眼相逢儘步兵
留得東風不歸去半簾花月寫餘情

澆胸濁酒綠浮瓶，醉讀離騷未忍聽。四海飄零頭已白，十年潦倒眼誰青。事經失計防多誤，命不逢時敢乞靈。剩有奚囊詩句在，問天直欲叩冥冥。

春日遊鼓浪嶼

茅屋隱山腰，幽泉透石橋。人疑蓬島住，景勝輞川描。麥浪侵晨潤，濤聲拍岸驕。他年如卜築，長此學漁樵。

蒼山橫屋角，綠水到門前。野色晴餘豁，嵐光雨後研。牛羊下殘照，鷗鷺引歸船。莫更辭重醉，青帘隱竹邊。

春陰對雪

春陰濃霧滿江黑醱出四山如潑墨漠漠溼雲凝不流
江水無聲鳥絶跡須臾樹杪北風来漫天帀地舞飛白
高低一望煥琉璃萬樹梅花逞顏色老鶴引吭山外歸
一聲唳澈霄漢碧我當此景喜欲顛呼童挂笠肆攀陟
衝煙直到野橋西揀得高枝拗来摘受凍敢嫌出手寒
此時玉液思細喫一陣清涼沁心脾五穀之精果有益
狂歌倒策蹇驢回莫趁人間炎熱客

春晴

牆頭雨初晴苔草放新緑小院寂無人庭花自開落

題蔡蘭旌茂才秋林讀書圖

男兒不願聲名隨草木所以修慧復修福才識南面擁百城人生無如此事樂吾友蘭旌獨翩翩綺歲譽門矜宏博今年偶爾事丹青示我秋林圖一幅科頭兀坐貌巍然落葉聲中展卷讀雖然墨戲效倪迂想見廬山真面目他年一席爭古人著作奇才光巖谷

除夕

輝煌燈燭宴屠蘇新舊年華頃刻殊乞得階前歡喜地團圓兒女坐圍爐

鳴街臘鼓響鼕鼕送舊迎新處處同爆竹萬聲翻到曉
家家門内有春風
鴻溝一過即新年駒隙浮生去若煙縱使追來猶未晚
奈何霜雪上華顛

詠梅

繁華謝絕見精神瘦影亭亭雪裏春幾度巡簷相索笑
共伊同作耐寒人
羅浮風景雪泥痕舊夢依稀日又昏歸雁一聲霜滿地
空山何處弔香魂

倪竹泉觀察俸滿入都留別即次原韻

借寇難留入
告期攀轅卧轍總神馳壺漿此去看前路棨戟遥臨又
幾時折節廬陵惟士好焚香清獻有天知召公棠與郇
公黍德化常留去後思
海天一色水漫漫別緒新添秋漲寬琴鶴船移春有脚
鯨鯢浪息海無瀾長亭載酒壺觴滿候館呈詩士吏歡
我欲大書清德頌聳肩拈韻費吟安
慈雲被覆八年新保障雄攀鷺水濱叔子風流看緩帶

巍公雅度仰垂紳觀瀾我已驚滄海惟嶽天教據要津
鄒魯祇今風振古鑿耕長作
聖人民

旌旗揺曳唱歌驪秋色江干悵别離楓葉荻花留去棹
金和玉節譜新詩人因官好春難送我望公回節早移
珍重驛亭逢使日春風消息寄梅枝

贈蘇淵怡茂才即次原韻

凌雲健筆冠騷壇每借琴書結古歡世事任從經眼過
立言都要與人看名山風雨留詩本香草情懷倚畫欄

一曲陽春邀雅意枯腸慚愧續貂難

夏日樓上觀海

熟梅天氣半陰晴青草池塘蛤吠聲一縷溼煙飛不起

夕陽樓下晚潮生

題榕林漏翠亭即呈黄鴛山廣文

榕閒結室綠陰稠花韻依欄午欲浮到此人情忘暑熱

別開生面作林邱松濤撼地晴如雨竹蔭參天夏亦秋

願得時時来假館不知賢主肯容不

秋夜聽雨即寄師竹淵怡二茂才

微雲捲碧空涼風幾何許蛩音遞古牆螢火飛花與亭
亭修竹叢一片淋鈴雨珠光碎復圓清響滴還住枕簟
一快心軒窗怯殘暑我憶素心人前宵傾杯酹剪燭話
西窗高談揮玉麈咫尺渺山河欲言誰與語起視夜何
其繁星照牖戶清風既不來美人空延佇青山隱一角
夜火明前渚獨聽鷓鴣啼誰作鴝鵒舞殘滴和漏聲蕭
然靜可數

送陳雪航徵君入都謠選

楊柳垂絲漾綠波送君南浦別情多馬蹄曲徑繫花草

驢背斜陽豔綺羅閩郡昔稱鄒魯地漢庭官重孝廉科
榮除異日誇名姓籍貫聲華兩不磨
閒曹曾與共青氈回首鴻泥十四年丙子在省候補教職與徵君同寓
百里頭銜新令尹五言壁壘舊詩仙放翁團扇傳吳下
內史雙鈎貴日邊會看廉能登上考
恩綸花誥喜鶯遷
兩度鄉江絳帳張門牆桃李秀成行徵君兩次司鐸龍溪竹羅與
可千叢碧徵君善畫竹花滿河陽一縣芳
上國久聞推孝弟西京端自重賢良長安舊友如相問

為報吳蒙鬢已霜

鄭虔三絶夙稱譽（徵君善畫工書又能詩）奉檄還兼御板輿（太夫人壽近八旬）我向鷺江來贈策人欣鶴隴有徵書詩篇舊詠增懷古墨綬新銜慰倚閭他日一官編一集驛筒先惠憶何如

殘春懷蘇淵恰

天意釀清和滿院簾纖雨暝色起晴煙斜陽遲夕塢雙雙梁上燕呢喃如對語感此益徘徊停杯以延佇入夜雨聲多瀟瀟寒傍竹小樓倚殘燈孤影吟幽獨相

思紅豆歌子夜懊儂曲欲寄無由達遐音渺空谷別君將半年愁痗與時積風雨怨雞鳴歲月感駒隙功業老未成鬢影鏡中白炯炯魚目鰥芭蕉吹瑟瑟憶昔繪秋樓五年同聚首汲井試春茶藏鬮賭夜酒勝會難再逢美人悵分手願託雙鯉魚報以佩瓊玖

懷林平階省元

閃閃滿天星涼風散秋夕坐對高樓下長懷梁苑客溯洄秋水篇蒹葭霜露白松雪一山晴澗泉響夜碧碪杵發清音候蟲吟古壁獨酌不成歡伏視增歎息悠悠千

里別相思何日釋

題從弟百荷部曹悼亡吟

襁褓雙瞻壯折鸞哭兒哭女總心酸人間到此窮全備何有生離死別難

得抱呱呱鬢已霜那堪顧復父兼娘雛兒命更阿爺苦陟屺還加六載強

殘燈相對小孤雛三十年前舊畫圖父作孤兒兒失恃伶仃兩代泣烏烏

無端慷慨自悲歌感舊愁新付夢婆願誦香山詩慰藉

世間惟有苦人多

附室人謝氏憶婢

明珠抛去渺難尋，錦瑟清和怨不禁。自與臨歧分袂後，至今風雨總關心。

玉釵敲斷夢闌珊，悶緒千端鬢欲殘。疏雨滿簾秋夢渺，一窗燈火伴人寒。

簾櫳寂寂鎖離情，淺立銀屏聽玉箏。幼女不知人去後，呼茶猶喚舊時名。

菱花幾日抱愁眠，獸炭香濃噴瑞煙。記得午窗鍼

線懶雙鬟鴉影着搥肩

先大父詩稿向為　伯父微農公所藏　伯父見背稿遂零落　先君極意搜尋同治戊辰始得之時已抱恙力疾編輯將付手民不幸於是年棄養韻琮承　遺囑握守是編自愧讀書無多不能校對荏苒三十二年矣抱恨殊深今屬　呂默庵　王桂庭兩孝廉同為校勘亟述　先志付諸剞劂既竣事爰誌顛末以貽後人

光緒二十五年歲次己亥冬十一月孫韻琮謹識

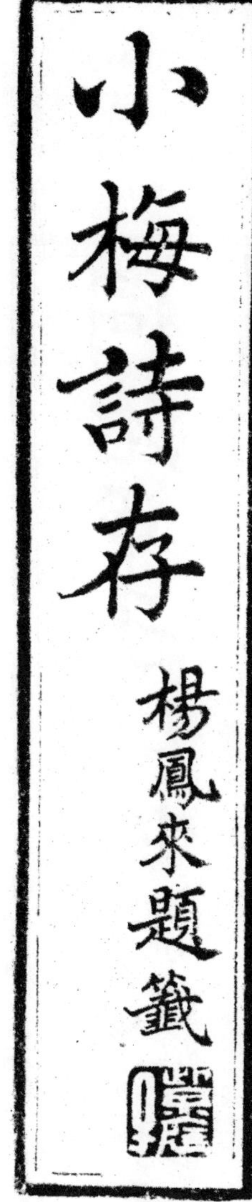
小梅詩存
楊鳳來題籤

同治甲子浴佛日功弟杏農刊刺

小梅詩存

惜紅僊館藏版

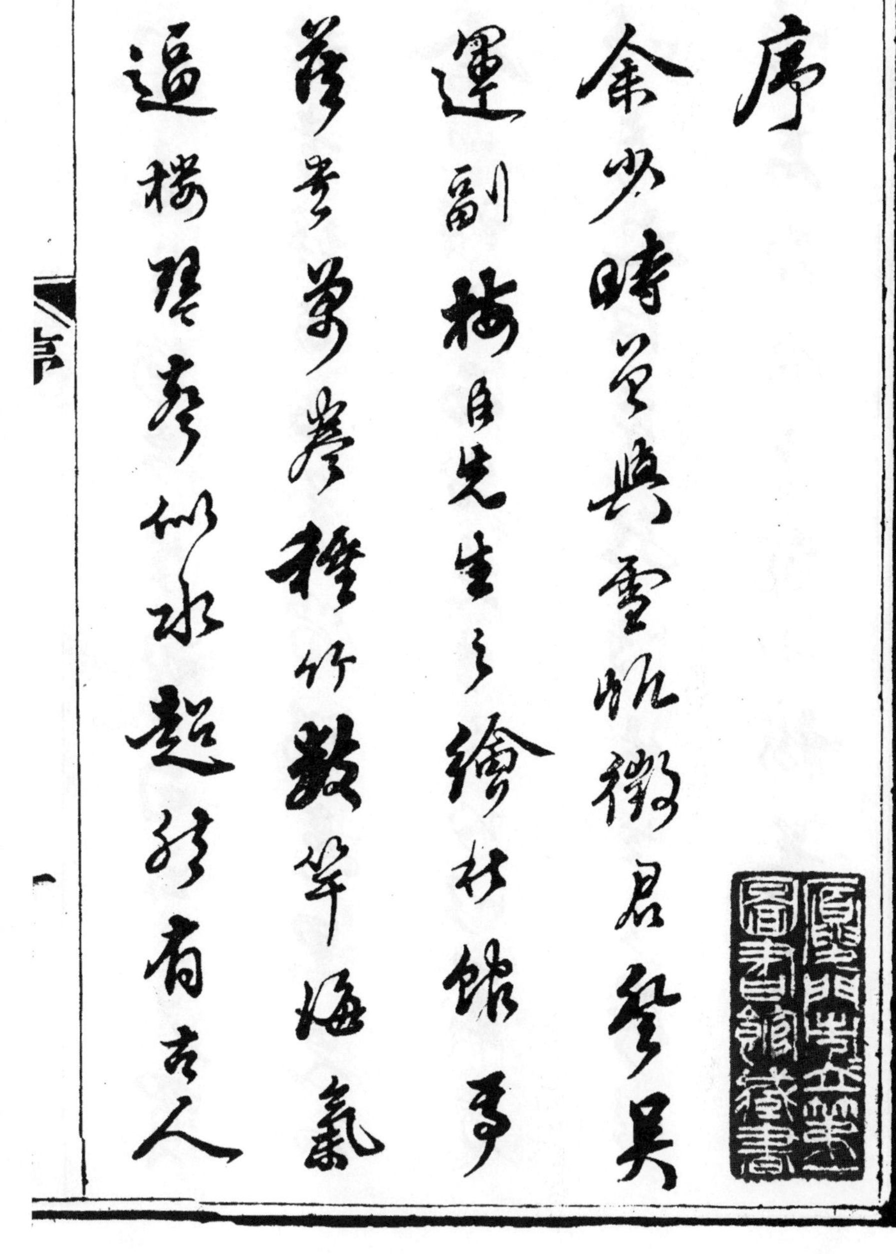

序

余少時曾與雲帆徵君登吳
運副梅自先生之繪材館事
蒔芳蔓學種竹數竿梅氣
逼樓琴夢仙坏起發有古人

序　一

風先生傳出更警句云多買
詩書種子弟莫留禍患累兒孫
余以讀之而嘆先生之詩以義方
嗚呼也何幸孫嗚先生之所期
嗚呼與有之嗣小梅為之嗚呼

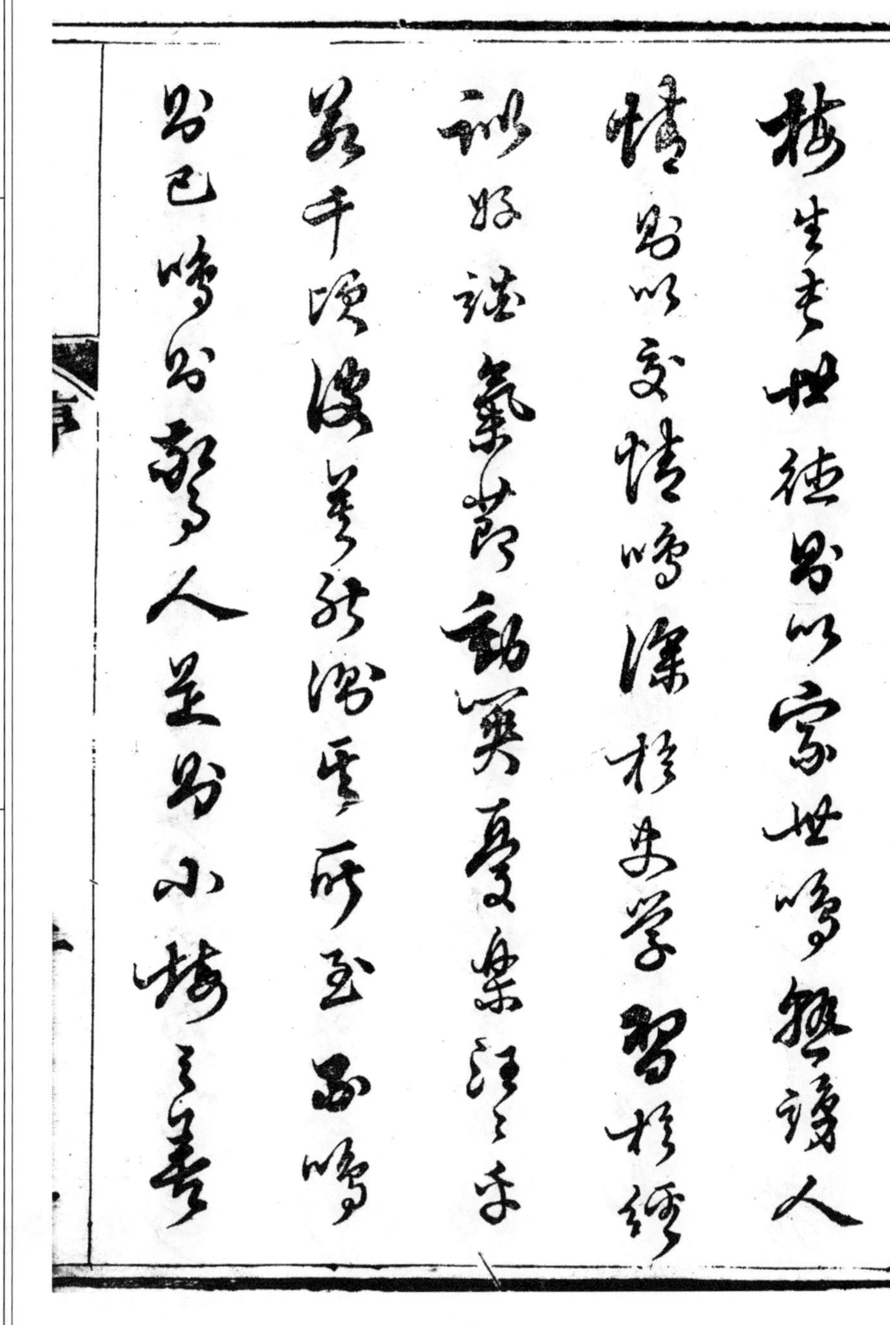

鳴者也乃不以身自鳴而特以詩鳴是
真能鳴先人所能鳴者也吾又能
能鳴其鳴之所至哉今讀其閣稿
雅健器以顯紀鳴魄乎古人皆以為
善鳴而文純雅兼盛體艷美人者

馬讀作以寫其抑鬱無聊之概
嗟乎平日所不能鳴者一寓諸詩
以鳴之蓋生平氣節之所感憂
樂之所寄也或者不發以為風懷
而其遂矣且其鳴不在詩他日文擬

巍科賦成大禮以鳴

國家之盛而後協運副之以義方鳴

者其響斯應也是則余所深望

於小梅之一鳴者也

道光戊申中和節日

同里愚兄陳榮識拜撰

小梅廣文乙卯閩闈所薦士也嘗
時場屋之文堅凝蒼古典碩矞
皇典典雅雅不名一轍數爲異才薦
時臣擬高魁海嶠詎料得卷太遲
致落見遺予深惜之丙辰冬李

檄來潭道予攝篆我馬之暇出其詩稿見示禮予不識務予有質曉風殘月之春裂石穿雲之曲學三唐耶學兩宋耶學前明七子而取其所長其所短耶臣明人自張辯之廣文以

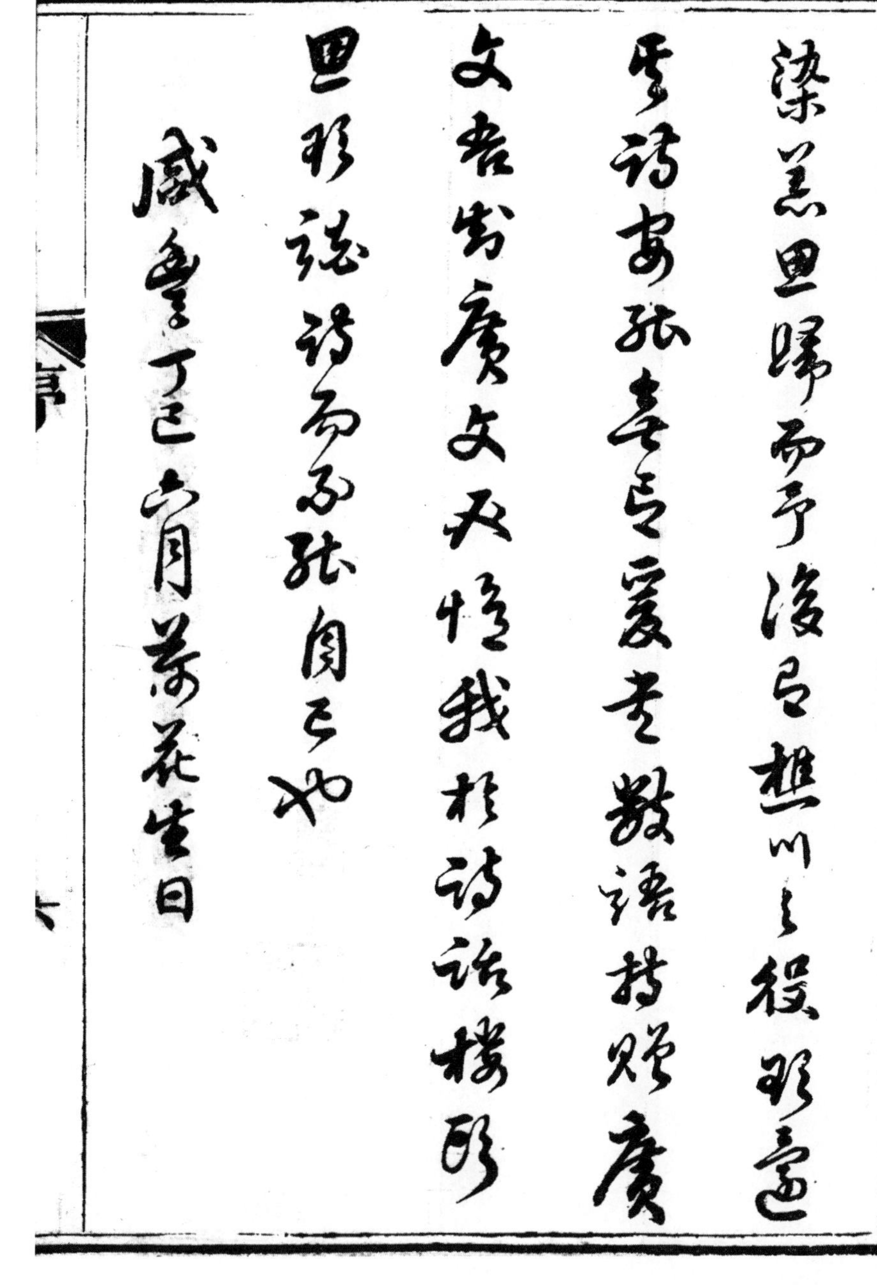

梁蔗田歸而予復有樵川之役郵遞寄詩寄張春巖老數語持贈廣文者皆廣文及惜我於詩話樓所因附誌詩而爲張自負也

咸豐丁巳六月荷花生日

署邵武府事後演壽生匡開泰題

小梅詩存序

夫人而僅以詩存者非幸事也葢詩言志使志得大用即和聲鳴盛亦將為功德掩惟其志有不伸憂幽怫欝緣之於情發之於性以洩其傷時感遇之嘆而詩之名遂傳古之以詩名者何一非阨於遇益精於

詩乎雖然世之阨於遇者奚啻千百人而以詩存者幾人哉吾友吳小梅學博年甫四十而抱病奄奄存耶否耶命不可知也乃弟杏農觀察校刋其稿題之曰小梅詩存殆恐其人之不存而欲以詩存歟夫天生人將大用於世求其可存者豈詩已耶

即學博少習舉子業昂昂然有舉頭天外之概壯而投筆請纓崎嶇戎馬知其志之所欲存者又豈詩已耶不僅志於詩而僅存於詩吾知學博不樂也然學博雖不樂而其詩則因窮而益進烏知非天欲藉此喪魄嘔肝之苦以成其悱惻悲壯之音使

之卓然足存於世耶倘假以永年又烏能限其所足存者止此耶且即其詩以覘其志可知學博之所為不繫於生死窮通固自有所以足存者在也不知學博聞之自以為幸耶抑不幸耶因書數語還以質之

同治甲子秋龍溪孫長齡拜敘

孫長齡印

序　七

小梅詩序

吳小梅學博，余畏友也。少為林晴皐太史入室弟子，古今詩文賦並有異作，而詩一道尤其酷嗜。弱冠應童子試，拔茅冠軍。游泮時學使彭相國見其文拍案叫絕，與軍蘇鼇石先生同賞之，喜贈以句云「萬里鵬搏初

振羽九苞鳳翥宫和聲聲名日噪
與黃小石部郎陳秋屋司馬爲忘
年交應鄉試不能就有司繩尺數
薦不售匡巳峯太守爲同考時最
深惜之總公鄉倒屣禮聘相招歲
癸丑厦門告警入王子爵幕畫左
之餘揮旗殺賊 議敘今職丙辰冬

奉檄往甌帮辦軍務積勞成疾回家醫治誤料到家即喪妻子遇益窮病益進而詩益工近更切弟杏農觀察延余課子故得見學博於卧病中學博出其詩稿見示大約二十左右好為綺語豔詞從戎後時露蒼幽將氣抱恙八載小雅哀音益透禪理而五七

古矣將變化尤爲擅長學博病亟爲
子請序於余余與學博相知最深
雖不文爲何能辭爰綴數語以付梨
棗云

同治甲子端午日同里愚弟陳棨拜撰

夫死生者造物之循環也惟非常之士閱世一生而常不死何也忠臣以忠傳則不死孝子以孝傳則不死廉潔之人以廉潔傳則不死才學之士以才學傳則不死若忠足匡君而君未用孝足事親而親早背廉潔足以淑世而無其權才學足以經邦而乏其遇僅區區以詩見因詩傳貧病交侵奄奄欲絶如　吳小梅外史者亦已傷已外史於古今詩文駢體無所不工每一舉筆皆為海内名公傾倒補弟子員後矢志功名并非縈懷富

貴故每當酒酣耳熱慷慨悲歌莫非以先憂後樂為念而數奇不偶自癸丑請纓得儒官迨丁巳皆奔馳於戎馬間積勞成疾請假以還抵家而妻死焉未幾而子又相繼死者二人於是病彌篤家彌貧廉隅彌礪詩學彌工其四言則不失雅頌之旨其五言則追近漢晉之音其香奩近體則如呢喃小兒女私語於綠窗綺閣之間其長古諸什則如幽燕老將軍縱橫於萬馬千兵之際其憑弔古今也則其忠誠可見其讚述祖德也則其孝

思可見其觀我五咏消寒十二則與夫浩歌時事賦物感懷則其廉其潔其才其學亦無不可見使外史得用於世以大展其懷抱余亦安能測其所至哉或曰外史病八年且癲笑啼怒罵不常子称其詩益工然則外史之癲是耶非耶外史近營生壙撰墓誌作告亡詩繫於卷末付梓自信以為將死然耶否耶余曰天下皆癲也蠅之營狐之媚狼之貪蠆之毒自外史視之莫非癲又何怪乎外史之癲而笑啼怒罵不常也若外史之不死

余寔有可信者外史病雖極萬精神不衰志氣不餒措置事宜井〻有條外史何能死耶即不然外史死矣外史之詩傳千百年後猶將恍惚遇之曰外史不死矣是則非常之士間世一生而常不死也或曰然拱手飄然而去余遂再拜而序外史之詩以還外史想外史見之當亦曰然推枕霍然而起

同治甲子小暑後六日

南州楊鳳來拜叙

題辭

凌雲健筆有誰儔，偏篤交情戀舊游。經濟果然行所學，如君才調正堪酬。集中有懷人詩

七十八叟古木棉庵詹國樑題

一囊佳句一雙屐，謝眺青山李賀詩。誰似延陵貴公子，灞橋驢背立多時。

桐城友生張用糦題於同安署中

不見梅村在，猶能識小梅。瓣香詩系在，樽酒旅懷開。明月自今古，閒雲空去來。園中多少樹，此是百花魁。

濵海魚鹽地天生一代豪集鱣新教澤汗馬舊勳勞料
事語多中看書眼更高風塵能相士豈獨在皮毛

古冶香苹李家瑞題

捩柁開頭捷灘聲助賦詩能傳杜陵句偏在建溪時碑
碣先儒著沙場遠代悲鄗公啼處處迢遞獨歸期

小梅廣文出澶溪從戎集見示讀之覺有江山之助敬
占五律一則以題詩後即請　誨正

丁巳清和月　草堂生林崇光春波

舵師理篷索君送子瞻船擘荔炎天雪題詩漲海烟夢魂縈別後潮汐到門前容易催人老忽忽又七年

忽枉山中信移情海上琴憂時頻悵望勸駕獨沉吟越鳥南枝月閒雲北麓岑勞君盼霖雨雖出亦無心

病起維摩榻茶烟颺鬢絲（小梅丁巳喪偶）春風瑶瑟怨微雨畫簾詞觀化齊修短升天悟合離向平兒女累婚嫁尚無期

腹痛思前事他年倘過車（謂亡友陳秋厓大令）酒壚同感舊隣笛易沾裾獨聽荒雞曙驚看斷雁疎（癸丑在温陵贈陳筠竹詩有汀雁行疎又

斷韋之句謂秋厓嘉甫昆季先後喪逝今筠竹亦歸道山數年矣平生負良友未答秣
陵書曹子建有答秣陵劉沼書時沼已亡
犄角獅山戰書生殺賊能爲肩正年少虎氣忽飛騰七
寶莊嚴爾千夫辟易曾怪君奇崛語筆筆有鋒稜
師法柳州柳名慚山斗韓誦絃變荒陋文采起編爛翡
翠裝詩篋珊瑚拂釣竿青氈吾舊物家世共儒官
君才如李白低首謝宣城古劍論肝膽新詩見性情竹
心虛善受蘭氣靜彌清獨夜高歌起淵淵金石聲
前後出師表千秋泣鬼神風雲飛宿將柱石重詞臣近聞

邸抄殷閣部僧王兩疏社稷殷憂遑乾坤正氣伸讀書思報

國圖畫上麒麟

小詩八首寄懷

丹農仁翁大人大詩家郢正

庚申四月小石黃紹芳初稿時將內渡倚

裝題於海東書院榕壇精舍

三

鷺島停舟日，延陵一卷披。春江曾讀畫，君家藹畦先生春江載酒圖題詠甚多，曾經展誦。香草又吟詩。著述風騷古，勳名露布馳。梅村多格調，盥誦想襟期。

似有生花夢，緣情體物工。雲間遲出岫，筆妙欲騰空。舊雨方浮白，時余王楊紫庭離令家。春風獨惜紅。盍簪忽經歲，客歲中秋余在漳郡與詩友十數人立盍簪吟社，唱和逾月。身世感飄蓬。

小律二章奉題

小梅詞兄惜紅仙館詩存大著，卽希郢政。

甲子仲秋三山策臣邱焞草於鷺門旅次

咸豐乙卯余自同安幕遭兵後留滯廈門借吳秋溪文學書樓寄榻因識其從姪　小梅學博見其器宇軒昂神情超越知非僅挾兔園册子者心頗向之是秋至交楊紫庭鹺尹赴省試約余偕去會垣途次復與　學博遇則　學博亦蹈省闈也然前後相見雖數數而　學博之能詩不但未之見且亦未之聞是殆以余爲門外漢故不言耶抑其時　學博猶不欲以詩名耶數年來踪跡相左音訊久疏迨余出山捧檄重來廈島與秋溪紫庭諸公朝夕聚而詢　學博則悼亡矣傷子矣再詢

則貧病相兼矣卧床不起矣爲惆悵者不置然 學博之詩諸公終不言而余終不知嗣友人侯官李香荃以其所著停雲館詩話見貽中有一條專言 學博而其詩集内亦有題贈 學博詩稿五言二章余於是始知 學博之能詩而詩之卓然不凡有如此者深愧往年自旣不足爲 學博知遂不足以知 學博若香荃者可謂聲氣相應者矣頃以奉委勾當漳州公事久不至厦偶返棹卽訪紫庭適秋溪亦在坐寒暄數語外紫庭亟出爲 學博序詩稿見示且囑余爲駢文遺之余以

兹行匆促心緒煩雜卽寓館亦無搆思處倘回漳得暇當有以報庶幾余與 學博相識之久相知之疏得一傾吐俾無愧於香草焉乃秋溪持 學博詩草來稱從 學博言囑余塡詞余感 學博虛懷而重秋溪之愛謹授讀一過並閱諸先生序言則知 學博固不欲以詩傳者而乃竟以詩傳是誠 學博之不幸矣雖然 學博猶有詩可傳也是猶 學博之幸也有才無遇畱彼豐兹古今來如 學博者何可勝道是 學博可無憾矣若余者半世飄蓬一官如芥故不敢以言詩卽詩

亦散失無暇集讀　學博詩其能無感也耶其敢以題
學博詩耶第念前人云吾輩名字惟當散見於諸傳
人集中如符老秀才輩之於東坡是亦幸耳則余雖不
文而欲藉　學博以傳余又奚辭乃倚裝按拍謹塡長
調四闋並叙緣起秋溪其爲余致　學博不知　學博
視余之知已去香草何若又視去紫庭諸君子爲何若
也倘可附名於卷末則　學博之能詩諸君子雖未爲
余言於前而終能俾余偕　學博結文字因緣於後則
莫非天也發卷揮毫歡喜無旣亦若當年之見　學博

云詞曰　錦字囊中集可憐生逃禪蘇晉嘔心長吉八
載臥床貧澈骨祗剩一　枝秃筆便語不驚人不息博得
名山千古永問世間誰此長生匹斯人也乃斯疾　儒
官何況多憂慼算從來李杜韓蘇幾曾安逸命薄才豐
天有例莫怪窮通損益是我輩盈虛消息料得玉樓還
不召恐先生去奪蓉城席身後託何須急
憶自榕江別到而今寒暑疊更莫逼典謁傳說藥爐長
作伴歲月消磨豪傑拚死死生生一　刼不肯無名空沒
世將琳瑯佳句親收拾易此卷三公勿　告亡欲與隨

圜堉可曾知當年詩老已逾耄耋一代傳人何易死不過身宮磨蝎似海上東坡生活好借浣瑜詩細律任功名富貴浮雲没塵濁事知何物

浣罷薔薇手開瑯函披吟一再從頭尋究大約性靈兼學問兩者相資而就覺七子尚難先後五七古言尤變化真筆尖橫掃千軍驟技至此神乎否　當時踪跡曾聯久欲緣何相逢却密相知却苟直到高山流水遣纔聽詩名滿口又報說數奇不偶萬事拋殘惟此事定千秋聊效傳家帚雖不幸猶幸有

我亦飄零者四十年天涯落拓青衫淚灑病到無醫幸不死依舊窮如東野敢文字因緣相亞筆墨荒唐詩散失嘆微官齷齪何風雅題大集顏汗也　金針猶欲憑君假願年年身如藥樹堅貞不謝再把三千芸草續奮起精神龍馬執牛耳騷壇上下不則歸真蓬島去又神仙世上來遊耍笑餘子浮生且

右調金貂換酒四闋奉題

小梅先生大人尊集並乞　拍正

同治三年甲子秋九月南昌張國森棠村並敘於禾江差邸

無端二豎苦相纏驥足羈來已八年最是吟情豪不減
床頭檢點舊詩編
妙語驚人出錦囊洛陽應貴紙難量才堪用世偏多阨
我欲昂頭問彼蒼

功叔廷斌秋溪

未必工詩自合窮如何竟作可憐蟲八年抱恙鍾情甚
小雅哀音并國風（小梅因喪妻子過於哀傷宿疾新病齊發難治）
封侯肉相夢邯鄲身有沙場百戰瘢誰識數奇同李廣
病中消受只儒官

胞叔祿瀾遠嵐

豈特文章擅衆能阿咸經濟亦堪稱才偏不遇同羅隱窮亦工詩繼小陵斫陣英姿負颯爽從戎志氣忽飛騰小梅癸丑廈門立功丙辰奉檄派往建溪從戎年來別有傷心事妻子飄零欲近僧

胞叔葆初復庵

青氈舊物說儒官羞對先生苜蓿盤兄是別開生面子書生決策共登壇

百年心血惜紅詩小梅兄自號惜紅僊館詩存禪榻茶烟颺鬢絲杳

怨桃愁無限恨傷心悵觸落花時兄亡妻喪子悼痛不已

風流堪比大蘇無笑倩朝雲禮佛圖集中有侍婢絳霞詩不管人間更何似前生老子此生儒

曾經滄海泛孤舟利鎖名韁誤到頭五夜唾壺頻擊碎讓君此席占千秋

功弟亮邦蕊農

坡老才名海外知關西鐵版大江詞多情還解相思曲好色偏賡本事詩閩嶠從戎曾畫贊鷺門殺賊又揮旗與君卅載爲兄弟惆悵斜陽欲別時時已病亟定安請爲刊刻詩存

功弟定安杏農

自把新詩寫性情（卷十五春日雜詩）古來傳不盡公卿（卷十九早年）

等身著述分明在（卷二十五讀道古堂集）一代都存風雅聲（卷四答曾南邨論詩）

受業功姪澧中集袁子才詩句謹題

自敘

於戲兆荃一病至此身將莫保而欲保其詩以必傳愚莫甚焉然曹子建有云文之美惡我自有之後世誰相知定我文者鄭板橋曰如有好處大家看看無好處聽從糊窗覆瓿是古之卓卓可傳者猶未敢自

信以為必傳也況一無可傳如荃者乎荃幼學詩於庭訓九歲即解吟咏嘗過庭庭訓以黃昏命題荃應聲曰我正倚欄吟舊句了鬟來報燭開花先運副拊荃背曰吾兒他日當以詩傳也及從士大夫遊往往樽前得句慷慨悲歌諸前輩亦曰善哉孺

子之為詩他日當有必傳之作也無何而遭父母弟兄之痛矣受家山烽火之驚矣嘆戰場試院於數奇嗟喪子亡妻其命薄憂憤成疾不平則鳴伸紙疾書泣數行下此惜紅詩篇之所以作也今者一病至此身將莫保而欲保其詩以必傳愚莫甚焉

而杏農功弟憫荃病篤請付剞劂是杏農若逆料吾詩之可傳而恐其不傳也荃從其請亦若恐吾詩之不傳而妄信其可傳也於戲一病至此身將莫保而欲保其詩以必傳愚莫甚焉愚莫甚焉

同治甲子清和月小梅吳兆荃病中自序

參校姓氏

同里潘廷德立
南安吳夢松和璞
南安吳維芳和亭
功弟亮邦芯農
功弟家駒白甫
功弟靜安菊農

受業同里林邦彥士美
受業功姪澧中渭竹
受業功姪康萬庭
受業胞姪維翰巖海
受業三男韻琮子璧
受業四男韻鑣騁千
受業五男韻琴譜尋
受業厥孫朋又李

小梅詩存卷一　共存古今體詩貳拾叁首

同安吳兆荃丹農著

謹述祖考怡棠公孝子詩六章祖考孝子傳載在福建通誌

母病不愈至誠感神願以身代妙藥回春

我生之初奄奄欲死祖出靈丹活我至此

祖好施藥無間於時十不失一僉曰神醫

黃堂作客一心清白忽念慈親三公不易

孺慕終身事生送死

帝命有司

旌表孝子

孝子之孫謹述祖德載詠載揚昊天罔極

泉州荔支詞

桐城皺玉滴瓊漿餘汁承來齒亦香惆悵藍家紅落盡
不堪重問尚書郎

奪標時節奪先紅蓴菜鱸魚未許同一夜吟魂關不住
蕩人詩思桂林檥

聞說楊師自有姑端明新展荔支圖桃花紅膜梨花色
還似仙人鬬雪膚

雙荔摘來儂手中問郎此去太匆匆郎儂那似雙星會團裡偏生七夕紅

遊山邊巖

松濤聲不斷送客下陽臺山名怪石如人立歸僧背日來暴風驚醉竹寒色在蒼苔余欲題詩句靈山笑口開

龍鬚亭題壁

松密藏幽寺尋僧問老農斷橋沉古磴危塔聳孤峯石踞欲成虎潭深難伏龍遠山橫月色歸路數聲鐘

附陳秋坪司馬和韻二首

尋幽不知處，導路倩山農。欲訪雲中寺，來看海上峯。懸崖疑伏虎，絕壑訝潛龍。稽首維摩室，敲殘百八鐘。

桔槔聲不斷，久旱困村農。夕照明孤塔，寒雲度遠峯。江山洗兵馬，松栢化虬龍。待到花朝後，重來聽晚鐘。

玉屏賣詩店題壁

鴻泥印玉屏，勝跡尋詩店。不復返神仙，晚霞江上艷。仙翁閭姓柳，賣詩結良友。我欲從之遊，天上無美酒。

夫差

高臺百尺俯姑蘇到底西施嫁五湖廿載焦思能返國

三年報越竟亡吳生前有量容勾踐死後無顏見闔閭

千古英雄難並立鴻門一宴復何如

秋海棠

絶世嬌癡顔色新斷腸無計可留春替花呑却今生淚

不作他生薄命人

婀娜瓊枝玉骨柔伴人無語只低頭春陰已過偏多恨

我亦天涯易感秋

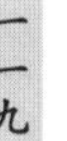

似汝無香倍可憐玉環那及此花妍酒濃亭北酣春睡
肥婢何曾是女仙
欲向兒家說比紅綠衣猶怨衛莊公神光掩映牆陰午
愁帶胭脂拜月中

百子蓮

斯男則百羨秦妍玉豆非蓮却號蓮大衍兩番生步步
芳房千葉唱田田祿兒別荷清涼界文子偏投菡萏天
惟有榴花堪對飲添丁一樣此團圓

百舌鳥

何處紛紛吐舌蓮笙簧百囀五更前春來有韻眞奇唱
夏至無聲絕可憐利似張儀留後日尖如西子悔當年
即今駟馬追奚及切莫臨風訴爾賢

游虎溪巖

獨上東林興倍豪暮雲收盡見平皐水牛浮鼻溪流急
石虎無聲山月高酒到狂時驚宿鳥樓吞秋海趁歸艚
遠公不見空惆悵一夜長松撼怒濤

中秋夜對月小飲 得瓢字本香山一字至七字體

瓢
獨飲無聊秋靜坐客難招幾杯名酒一夜良宵月臨

庭皎皎風到袂飄飄風却無樓上倚笛似有鄰家吹簫顧
影自憐還自笑欲除詩癖未能消

小梅詩存卷二 共存古今體詩玖拾玖首

同安吳兆荃丹農著

白菊

不爭豔冶不爭時素面還如虢國姨晚節有香幽夢覺
白衣無影夕陽遲秋歸老圃容俱淡花入殘年鬢亦絲
寄語靈均莫憔悴夕餐清潔楚騷知

其二

欲償詩債坐深更每到開時夢不成司空圖詩云此生只是償詩債白菊開時最不眠三徑自描明月影一竿休唱賣花聲羲皇世界

原殊俗隱逸家風本尚清西子早知紅粉累肯教濃抹悞深情

附林春波和韻

籬角齊頭欲墜時驅車漫說豔諸姨花清隔院驚秋老人淡鈎簾寫韻遲三徑霜明搖粉壁一庭風度入氷綠箇中真意將誰識洗盡鉛華只自知

露下秋堂欲二更不加雕飾自天成白衣客至雲留影縞袂人來月有聲晚節別饒神韻淡寒香相對酒懷清年年詩債償何處無限西風繫我情

附曾茂才啓照和韻

開向羣芳欲盡時褧衣人想見邢姨滿圍秋色天眞出三徑風光月影遲對酒杯宜浮白隨聯吟硯試滌紅絲此身原是瑤臺上偶到柴桑訪故知

瞥眼浮雲閱幾更矜持晚節九秋成玉容身抱高華骨石隱門稀剝啄聲久處籬東頭早白相依枕畔夢俱清歸來彭澤安吾素皓首知交倍有情

再題賣詩店壁

無多別業下風塵不計青錢怕未眞縱使有才如李白

賣詩何補一家貧

和友人綺懷四章

懶向寒燈改舊詩星房露檻覓瓊姿書題荳蔻淋漓會
心似芭蕉展轉時碧玉有才誰奪愛綠珠無價不成奇
樊川最是尋春客未便花前說自癡

明璫翠羽兩爭妍花徑尋花異涉屧喚渡桃歸春院裡
巡簷梅笑畫屏前能登雪嶺原非福誤入天台亦算仙
莫效江州白司馬琵琶聽後轉淒然

薰入蘭氣似香燒珠閣銀櫳苦短宵燭本有心還惜別

花非薄命不爭嬌旋娟善舞揮長袖沈約多愁易瘦腰
聞說月宮眞縹渺可憐夢得隔星橋
花債逃入總有由東山謝傅最風流巫陽雲雨三生夢
江上芙蓉幾度秋楊柳有情難自遣繭絲無力易相繆
遙知碧海珊瑚樹長作徐陵筆架不

竹胎 限尖字韻

嫁與梅花月是陰胚胎識震竹何嫌莫教勁節申難降
畢竟虛心子易添慈姥乍憐蘭入夢宜男肯讓草先占
含如荳蔻生如達三昧絪緼化筍尖

柳眼　限青字韻

綠楊煙雨短長亭送盡愁眉未肯停一點柔情如水淡半生雙眼爲花青盼來白下春無色望入深閨酒易醒目想故人西去久陽關詞曲不堪聽

花鬚　限纖字韻

拔白何須問子瞻園中隨意數新添紫莖香是花中種烏欒春回鏡裡髯吟料桃奴年老老撚容菊婢手纖纖美人名士同遲暮聊與參軍日倚簾

草心　限暉字韻

芳草天涯夜雨霏寸心難舍復難違花能解語原相印
客本多情尚未歸喻意春風思白傅懷人青塚弔明妃
新愁不與王孫去故人珠簾捲落暉

老馬和張辛田師原韻

馳驅雄心未肯灰尚餘長朽望章臺驊騮伏櫪時言志
鞭策無人乃忌才萬里關山明月夜四蹄風雪拂雲堆
暮年莫怨多皮相且把紅箋畫墨梅

贈李艾侯廣文

冰壺秋月認前身難得風流似古人北海有書皆勁秀

西崑無體不清新賦碁早歲堪呼友拜表陳情爲養親想見河梁分手日桃花潭水憶汪倫

題陳曉亭叅戎萬石談禪圖

百戰中流義胆多夜來撫劒動山河長鯨未斬留餘恨忍向蒲團對達摩

鎖雲深處與僧遊煨芋能教好夢留可是虎溪山不遠遠公說法月當頭

友人邀飲贈席上女校書珊瑚

未免有情難遣此似曾相識獨憐余分明一樣閒花草

留與徐陵架筆無

劉郎誤入武陵溪溪水流來水亦低知否漁舟桃洞口釣竿拂樹曉烟迷

雲情水思在誰家古鳳凰山夕照斜鐵石心腸羅鐵網也應斌媚宋梅花

儂家碧樹好交柯解識春風密語多花榜不須看記取夜來撐月一嫦娥

讀孟浩然詩

我讀襄陽詩閒情兼逸致我慕襄陽神夢寐生幽思今

古不相及瓣香何處入彌仰山彌高清芬徒此揖君愛
陶淵明歸田老一生我愛孟夫子布衣樹風聲鹿門歸
未至明月滿山寺詩弔龐德公懷人成已志終身不事
君餘興超天地

曲端

壯懿奇謀冠一時魏公深憾乃深疑讒言不欲中原復
汗血空教九竅垂縱鴿點軍持弱宋無人請劍斬康隨
江淮未靖英雄死盡入西州士卒悲

五美吟

美人袜

紅綃小鏡掛當中脈脈蜂房閉上宮縱使艷情圓夜月
未容青眼到屏風雞頭稍恨訶微露蝶夢須防乳欲通
蘇蕙織成方贈我尚餘金粉玉酥融時蘇玉女史贈予一袜

美人衣

蟬羅鶯錦思長長月落燈昏尺未量那得飛鸞同耐冷
化爲蝴蝶亦生香花憐仙佩常留影雲想妃裳合斷腸
砧杵聲高千里月秋來寄遠易倉皇

美人鞋

階下青苔露下蘭稍遲蓮步爲誰看一時望幸催聲急獨見生香覺夢難弓勢乍描新月影屧廊遥隔暮雲端吳門若寄平安信多買胭脂畫牡丹

美人歌

楊柳枝頭白下門畫屏人倚欲黄昏輕喉宛轉疑歸趙素口分明合唱樊話到殘紅都是淚聞來太白也消魂曲終無限傾城色難乞平陽一薦恩

美人舞

行空劍氣夜聞秋深入吳宫教戰不束帶猶煩紅拂女

翻身或墜綠珠樓人如鸞鳳飛難定架有鞦韆舞不休
汗透羅衣三兩點是儂辛苦是郎愁

哭功叔百荷部曹

秋雨秋風大樹傾不禁銀海淚縱橫龍溪一去尋靈藥
鷺鷥歸來哭老成求到能容方是性財多爲善豈求名
桑田不及心田好細把三槐勗後生
分曹萬里急星奔到底襄陽隱鹿門三讓郎今思大廈
不才曾未報私恩謝安竟老東山屐燕市偏傾北海樽
雙眼垂青懷阮籍竹林哀怨總難論功叔以荃兄余居隘出巳宅對易之

題杭州洪模庵圭江重泛圖

當年此處繫扁舟又續圭江十載游客夢重圓滄海月
青山依舊水長流
三千強弩水迢迢無數江聲出六橋知道大才隨處好
不思鄉味浙西潮

張睢陽

民吏高聲哭廟門全淮保障賴公存故人獨表功難掩
厲鬼能爲賊盡吞士卒餒而猶有計男兒死耳復何言
更樓不辨風塵色留得丹心報至尊

奇兵十萬困孤城鳴鼓圍中尚有聲軍令如山郎將面
臣心似水美人羨乞師無援愁南八留箭空教射進明
他日文山歌正氣睢陽數齒亦縱橫

題紅袖添香圖

半是長檠半短檠氤氳寶鴨未分明碧梧倒影風成韻
紅袖當頭月有情滿室古香消艷福一庭疎竹聚秋聲
羨君別具清涼界書味花心共此生

過萬安橋

一夕中元出鯉城南來親拜蔡端明霞蒸遠浦山如畫

馬蹴危橋水有聲鯨浪擘天滄海立蠣房浸月夜潮生
洛陽風景都相似誰問當年帝子名

過梅嶺詠江采蘋

一斛珠連萬斛愁上陽宮女共悲秋珍珠猶是君王賜
說到珍珠兩淚流
深鎖長門只自香難教清夢到明皇梅花不及楊花好
酣睡春宵護海棠
多才自比謝家兒夜夜春愁綠上眉至竟二南酬素志
貞名幾輩愧江姬

千金難買相如句賦就東樓怨綺羅莫恨梅妃生别苦
玉環他日馬嵬坡

興化什咏

夜泊興安載酒舡木蘭陂水木蘭艭紅衣窄袖當壚女
二八橋邊喚渡江
七月楓亭方作客此行眞負荔支香清秋一唱江瑶柱
佳味還思十八娘
郎買檳榔妾有緣能開頃刻並頭蓮羞容一樣秋波轉
若箇紅潮最可憐

瀨溪溪水膩于羅流入涵頭好景多生小西湖如畫裡
五更殘月一池荷

秋闈報罷 巳酉

西風吹到鷺江城落拓生涯感未平窮鬼科名如蜀道
秀才憂患是秋聲文章吐氣遲三載樓閣高寒逼五更
海國干戈焦爛後那能人跨月宮行
入海茫茫墜劫寰綠愁紅怨不曾刪那知竟夕春闈夢
遲我秋風月桂攀漫擬登科繩祖武偏如落第下孫山
黃金散盡貂裘敝空負蘇秦日往還先祖怡宗公乾隆乙卯與胞兄洪俞

江芸登鄉榜

妙手空空莫補天是科首藝以天字作主難從佛海問因緣名心淡入詩中畫秋骨瘦于病後禪敗比文猶傳衆口圖南志肯負中年狂歌斫地原無益三絕聊觀老鄭虔時方閱夢白鄭中丞詩稿

秋夜賞菊

大節如君晚更宜幽人莫恨出山遲縱教得意秋風去一夜黃花付與誰

和林鳳梧茂才觀海樓賞雨韻

聳觀滄海未疏慵樓外歸帆數幾重似此硯田無惡歲
漫嫌學稼不如農蝦簾細織三春雨鯨浪横吞五老峯（峯在普陀寺後）
曾是昔年爭戰地怒潮高挾墨雲濃

秋蟲

夜聞北雁已南征忽聽鳴蟲感倍生長訴未能消舊恨
不平儘許作秋聲王孫此日思歸去宰相閒堂混戰爭
回首玉關諸將在中宵應慘故鄉情

兩翅蟬妝壓鬢紋玉階蟲語怕先聞夢回孤枕更三五
人倚高樓月十分一夜秋風催出塞十年夫壻悔從軍

氷心非夏猶難語那及郎歌調遏雲

憶梅

情苗不斷此中緣歎惜羅浮別有天詩思灞橋驢背上
空山流水竹籬邊心非鐵石誰能道花是神仙便可憐
爲問夜來風雪冷想君居處太蕭然

種梅

老圃生涯學種梅天然春色費栽培移來淺水三分月
耕破孤山數點苔幾箇蜂媒詩紙帳一聲鵜嘴到瑶臺
和羹有兆安排穩留與人間看未開

尋梅

芒鞋踏破雪玲瓏路入江南又向東疏影不離明月下
暗香只在此山中卿如欲出何難共客果相逢便不同
高閣雙扉空自掩出牆先放一枝紅

折梅

玉人攀折倚欄杆素手纖纖覺影單雪釀花隨雙掌去
月明春聳一肩寒每逢驛使催詩急誤認宮妝落指難
莫向東風搖別恨扶持清夢對袁安

送李艾侯學博之官沙縣

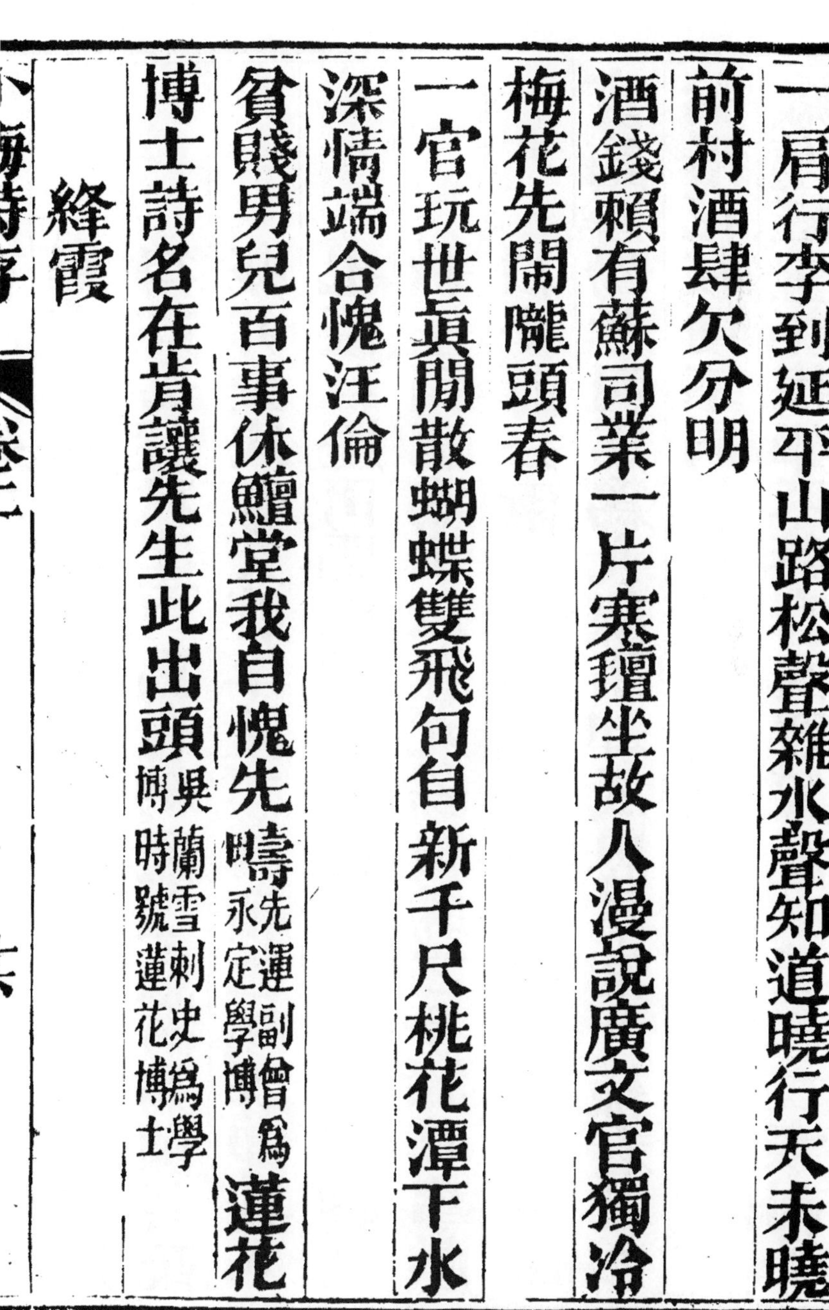

一肩行李到延平山路松聲雜水聲知道曉行天未曉前村酒肆欠分明

酒錢賴有蘇司業一片寒氊坐故人漫說廣文官獨冷梅花先鬧隴頭春

一官玩世眞閒散蝴蝶雙飛句自新千尺桃花潭下水深情端合愧汪倫

貧賤男兒百事休鱣堂我自愧先疇（先運副會爲永定學博）蓮花博士詩名在肯讓先生此出頭（吳蘭雪刺史爲學博時號蓮花博士）

絳霞

絳霞者余與陳秋厓司馬飲于陶衍翁之家所得婢也時秋崖司馬有納寵之意衍翁陳其葭戚卯金氏有女婢年僅二八顏色頗姝即其人也後秋厓司馬以問卜不合却之故余得轉託秋厓司馬爲氷以春光餘數聘之今錄其事戲以小詩云爾

寄語潯陽老司馬爲人謀事却成忠尋常一樣看花眼拾得花枝便不同

願隨紅雪作梅姬不與春衣買笑遲欲與春衣寒刺骨

畀人斟酌幾多時

散綺餘紅九月天陶潛杯酒有因緣消魂最是秋波轉
一面羞容更可憐

蘆山山下阿儂居荳蔻枝頭十五餘好是月明人靜後
可餐秀色女相如

歸試當年繫臂紗鏡湖春色在郎家嬌癡更甚新鶯轉
學得夫人鬢插花

水晶簾下曉妝成一飲流觴百感生祗恐倉庚難療妬
隔牆花影欠分明

送陳秋厓司馬歸雙溪

此別難爲別，雙溪一水深。課兒黃卷讀，奉母白華吟。春訪珊瑚樹（秋崖垂青珊瑚女史），梅交鐵石心（秋厓與予蘭譜）。遥知燕姞夢，佞佛有佳音（秋厓前往龍湫亭禱於大士求子近聞其内人腹有胎孕）。

小桃源（在厦門萬石巖前）

是否朱陳一兩家，春來流水送桃花。當年漁問無蹤跡（前明張果亭題漁問二字今廢），腸斷清溪舊釣槎。

生小桃源別有天，桑麻雞犬亦成仙。田園縱好無供稅，不管人間漢魏年。

荆南戰壘尚嶙峋避地全軀此要津縱近湘沅尋不得紅羊小刼武陵人武陵桃源諸縣俱在湖南時湖南聞警

題浙江温笑山閩海歸帆圖

巨鼇扶海日千里未歸舟一作閩中客長江水自流鄉心颿背月殘刼鷺門秋不覺浙西近潮聲打石頭

符秦王武侯猛

嶽降崧生此最奇華陰出處繫安危默持晉祚先王謝佐霸秦關整虎貔魚水幾同諸葛亮龍雲肯借慕容垂高談莫說漢文帝千古才人痛哭時

大輪山題壁

征人鐵甲浣銀河，議撫招安路已多。
盛世由來深雨露，皇天如此厭兵戈。攻心何處尋諸葛，
奉檄偏教下趙佗。戎馬至今廑
聖慮，江南翹首息鯨波。閩中盜賊四起，皆由江南未平。近聞江南軍聲大振。

周獻臣大令索贈小秀女史七絕

花影迷離柳影嬌，鷺門風月可憐宵。撥絃便得周郎顧，
小秀還疑勝小喬。

陳潤渠殉節歌潤渠，同安文童生。殉節後，大吏上於

朝以八品文員陣亡之典從優卹後

陳潤湶眞義士當時城破無人死頭顱可斷奇男子七尺之軀不奪志一怒氣呑牛皮位黃位四月據廈門烏合之衆何紛紛受降百縛靡不有焚廬掠賄安足云陳潤湶眞罕聞生前小節多出入青樓夜鬧美人泣一朝義憤不顧身名教綱常賴以立丈夫當死馬革中罵賊不屈生悲風世間那得無此公陳潤湶眞豪雄牛皮位即逆匪黃位小名

題抱琴對竹圖

人生有奇福篠簜籠夏屋笑傲萬戶侯瀟灑遠塵俗我

欲從之游闌干長肯宿投筆事戎行
天子命敎奇醉思掣長鯨怒氣時寫竹古調今獨彈霹
靂振山谷風雷戰秋聲壯夫毛髮矗何必遇知音勁節
貴自勗

龔爵王少峯觀察鷺門奏凱歌即送其奉　檄東
渡

妖氛突起如轟雷海澄驚破鷺門開長驅直入鋒莫挫
龍同半壁安在哉王濬與
國關休戚義激諸軍衆失色誓掃鯨鯢不顧身背水酣

戰一當百是時賊勢太縱橫非翦羽翼不易平用敵制
敵何神速兩月克復厦門城露布星馳
天子喜喬木世臣功莫比
錫以彩繡翠羽翎
君恩深處類如此公拜稽首頌
萬年
皇衷廟算非臣贒金作贖刑衆罔治網開一面力回天
梗頑感泣私相語非公仁愛無寸土奔走偕來同
太平從此海濱不用武荃也避兵會冑轂公何一見即

爲歡機謀錄用獅山策駑馬竟作龍媒看平生好士眞
若命棠堂之旗鼓正正薦書特表汗馬勳沙中無語心
如鏡受恩我亦感知已況是公門種桃李桃李成陰莒
稽盤龍節又指東瀛水東瀛雙槳去如飛
帝命功臣晝錦歸丈夫得志還故里古所罕聞今亦希
安得菽粟崇如墉踴躍輸將獻
九重江安觀察撚髭笑海運捷至
天庾充

白鹿洞題壁七絕三章

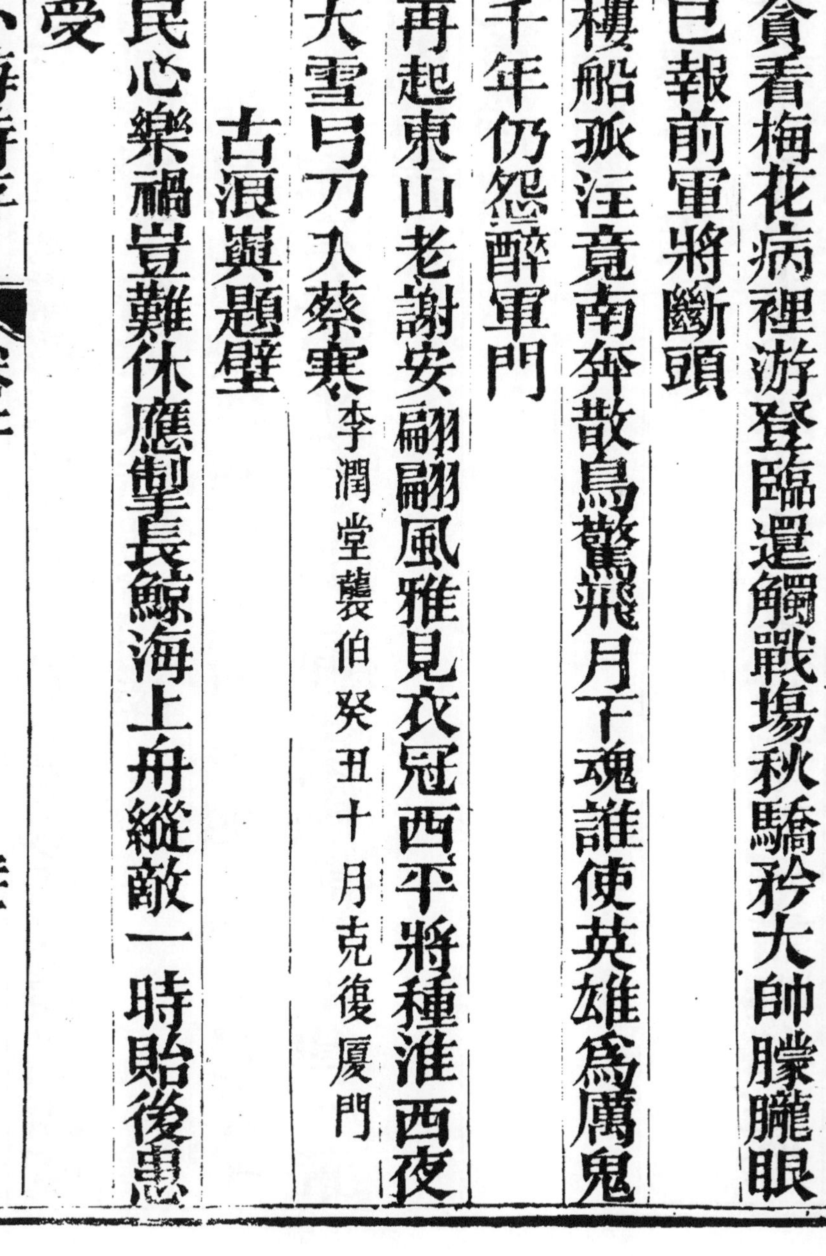

貪看梅花病裡游登臨還觸戰場秋驕矜大帥朦朧眼
已報前軍將斷頭
樓船孤注竟南奔散鳥驚飛月下魂誰使英雄爲厲鬼
千年仍怨醉軍門
再起東山老謝安翩翩風雅見衣冠西平將種淮西夜
大雪弓刀入蔡寒李潤堂襲伯癸丑十月克復廈門

古浪嶼題壁

民心樂禍豈難休應擊長鯨海上舟縱敵一時貽後患
受

恩三世竟無謀慈悲佛法生新鬼星散兵權長耆四庚
信鄉關辭不得從戎深悔覓封侯

偶見謝康樂述祖德詩因思先祖入祀同邑孝子
祠有年矣近日諸叔議成家廟謹識七律一章

門閭特表
九重綸
天語輝煌
帝德春一代坊言
旌孝子千秋廟食配忠臣風飄翟翠衣冠肅賜谷三叔軍功賞戴

花翎時值王祭酒獻鵞黄俎豆新同是著詩揚祖德蕪詞慚愧
冷官身

留鬚

勸花不紅不如草勸人不美不如老長髯三尺生雄風
男子吐氣鬚眉好我到世間卅六年冬烘頭腦擁寒氊
倏忽髭芽生滿口旁人誤作東坡仙靈和宮殿依依柳
昔日風流今亦否從此藏拙畏婦人奴輩不敵麻姑手
怕試蘇家孩白方牛山濯濯費隄防一官朽腐吾老矣
大呼丁謂拂羹湯吁嗟乎少年光景不多得攬鏡來朝

莫相憶出門一笑飛鳥鴉鬚乎鬚乎美且黑

活眞八

活眞人世所稀不爲名相爲名醫名醫驅出無聲虎歎別名疾病腹中轟戰鼓草兵暗渡鬼門關巴豆一名草兵飛風道者牙磅別名壁臟腑眞人自信力回生出奇制勝善用兵口如懸河驚四座有誰稽首三折肱英雄所見畧同否天下無獨必有耦房謀杜斷夫何疑魑魅魍魎齊拍手生道雖死無怨尤頃刻緋衣召玉樓活眞人明且遠他生未卜此生休

畫梅一幅寄賀王鶴汀長公子新婚

蕚綠神仙詠絮才羅浮山外美人來新婦爲碣石鎮謝總戎之女近自粵省歸來催妝索句知何事消受春風玉鏡臺

陳剛勇公勝元輓詩

曾國卞莊子於今復見公晚香愛黃菊浩氣滿蒼穹一死綱常繫千秋廟貌崇忠魂招大小遺淚海潮紅公殉難後猶子宗器亦在廈門力戰陣亡

詠梅

竹外橫斜一兩枝暗香疏影總迷離冷官更甚梅花冷

坐對寒窗夜雪時

懷人詩

彭相國詠莪夫子

皇華星使乍遊閩，寸晷量才玉尺陳。讀到春秋頻擊節，老彭原是有心人。丁未歲試同安，題出子擊磬於衛，莖破題云：爲春秋之天下鳴之也。詠莪相國於覆試日面加賞識，歎爲不凡。

蘇制軍鼇石太夫子

西川節度賦歸程，萬里鵬搏勗後生。只記十分期望語，九苞鳳翥定和聲。制軍極賞光莖入泮破題意，撰句贈莖云：萬里鵬搏初振羽，九苞鳳翥定

和聲至今楹聯墨跡猶新也

李明經望之太夫子

近學西崑古孟郊，詩人衣鉢有誰交。予生縱晚偏同調，尚友何妨到漆膠。明經著有問雲山房詩文稿甚富，藏在女壻侯錫恩處

林太史晴皋夫子

逋仙家世謫仙人，翰苑馳名筆有神。友竹齋頭曾立雪，友竹居太史書齋名瓣香何處說傳薪。

楊明經仲文夫子

清白傳家楊伯起，紫陽深處講堂開。師主講廈門紫陽書院多年私

圖報答栽培地知有延陵掛劍來師喪葬之費皆荃出爲集賻成裘

施明經子敏夫子

橫海功名拔萃科謀生心血太消磨逐貧既去春方買
天許脩文可奈何師致富後納妾榕城不久而脩文之召至矣

張明府辛田夫子

最工綺語最工愁宦海風波白鷺洲我是子春高弟子
移情悟到海山秋

柯易堂明府

買屋黃山便不回啖蕉海上畫圖開紀羣世契東坡筆

親寄先人墓誌來明府爲先運副作誌銘行述并先庶母殉節傳銘

陳秋厓司馬

才堪百里善陳情花縣辭官蜀水清裾絕城全溫趙輩

慈烏千古有哀聲秋厓分發四川以母老病終身不仕

黃小石比部

絕世聰明說此翁天然佳句荔支風比部有夕陽樓閣荔支風句予曾畫此圖以玩賞之平生低首宣城處樓閣夕陽詩畫中

詹穀蒼參戎

感激毋齡皆子惠巳亥先慈謝宜人病蠱參戎親爲醫治數日即痊而今風木

倍增悲欲談星學無餘子想見芝山講易時參戎天文星數精究到家李鳳崗觀察陳恭甫太史甚器重之著有周易闡翼行世已久

林龍江參戎

曾經碧海掣長鯨礮火遮天胆氣橫知已交游真血性此公原不厭儒生癸丑與參戎全在廈門軍營參辦軍務遂結為交游知已

洪汝榮茂才

覓句書愁浣花叟窮經立品鄭康成千秋一洗睢陽恨并入禾江血戰聲茂才為張游戎然作廈門殉節詩有周處有才偏受制張巡無援竟全忠句一時傳誦

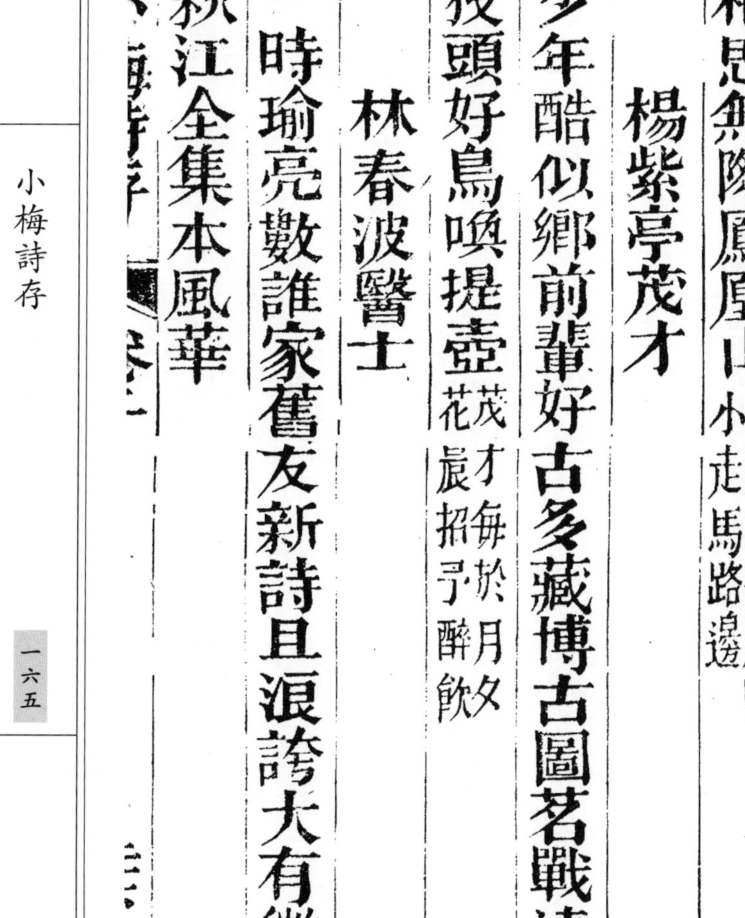

周則仁茂才

江東顧曲周公瑾鷺島紅顏倍往還一紙寄言言有盡
相思無際鳳凰山鳳凰山在廈門小走馬路邊

楊紫亭茂才

少年酷似鄉前輩好古多藏博古圖茗戰清談予欲醉
枝頭好鳥喚提壺茂才每於月夕花晨招予醉飲

林春波醫士

一時瑜亮數誰家舊友新詩且浪誇大有徵詞託香草
秋江全集本風華

小梅詩存

楊鳳來題籤

小梅詩存卷三 共存古今體詩捌拾陸首

同安吳兆荃丹農著

南劍州

佩劍渡延平一劍化龍去雙溪萬古流落日滿楓樹

南劍州道上作

一千里外事戎行山路崎嶇入渺茫晉代滄桑餘劍氣
閩都帶礪尚金湯愁生畫角延平渡事豈傷心古戰場
歎息黃堂尸馬革萬丕坑下月如霜郡守金萬清時在萬丕坑力戰陣亡

金沙即景

鞭絲影裡夕陽斜楓葉沿溪變晚霞無數松聲合不住筍輿扶夢到金沙

建州早行

雞聲催月馬頭前無數英雄此着鞭諸葛攻心爭上策謝安掩鼻感中年山凝曉霧白成海地茁春茶綠到天報國由來儒將重考亭曷處仰先賢

將渡劍津路上風雨大作

萬竅風齊發延平盡不平落花千古恨急雨萬軍聲鳥

倦空尋樹鴉飛半入城蛟龍時出沒劍氣太縱橫

建溪晚渡夜宿禪寺

隔水鐘聲過茶烟颺翠微灘篩新月碎沙怒夜船飛花影欲留客苔紋爭上衣雛僧强題句洗鉢得魚肥

周晴秋少尹聽建州女史箏歌作此戲之

欲得周郎顧拂絃建溪生小妹同年江山縣去無多路莫作兒家誤喚船女史自言江山縣人徙居建州多年

潭陽懷古十詠

游文肅公公名酢字定夫號廣平與楊龜山先生及從兄醕師事程伊川先生

誰得程門一瓣香閩中理學首游楊階前白雪深三尺
諷誦西銘第幾章

朱獻靖公

莽莽神州竟陸沉晦翁庭訓佩韋心東南半壁朝廷小
秦檜如何不怒金

劉致中先儒（公字致中名勉之故人朱韋齋將沒時以子文公屬公往受業焉公妻以女後文公卒爲大賢得公之教也學者稱爲白水先生）

生死交情擇壻時先生白水好門楣鏡臺抱入滄洲去（滄洲文公精舍名）桃李新陰護女兒

朱文公

垂紳搢笏素王庭綱目森然炳日星鼎足三分存正統

大書帝蜀繼麟經

蔡季通先儒公名元定字季通以僞黨得罪謫道州與子文定公徒行三千里足爲之流血

絶頂西山善忍饑三千里外血流時道州一謫依然笑

笑殺師門兩背師

蔡文定公公名沉字仲默季通仲子也與父同往道州將護父喪歸有遺之金者輒曰吾不忍累先人也

清白傳家不厭貧遺金深恐累先人千秋一掬邱膺淚
依舊淵源著作身

劉文簡公 公名爚字晦伯文公高弟也文公嘗書杜少陵詩句諸葛大名垂宇宙勉公兄弟公卒為大臣曾築雲莊山房為終隱之計

諸葛大名垂宇宙雲莊出處繫蒼生可憐宋室無公日
蠹毒紛紛蟋蟀鳴

謝文節公 公名枋得號疊山賣卜於建陽水南門外今橋頭公祠即賣卜處也

信國丹心照漢青趙家塊肉已飄零遺臣剩有靈龜在
夜夜燈前卜毋齡

仙梅福仙西漢時爲南昌尉上書不報棄官入閩登武夷山望見建陽郎巖有紫氣遂往脩煉有一女嫁嚴子陵

快壻防人說釣臺郎巖丹轉鼎先開羊裘已入風塵眼莫向仙霞駕鶴來

僧惠崇僧詩畫兩超妙嘗在寇萊公池亭詠池上鷺明默繞池徑馳心于冥杳忽以二指點空微笑曰已得之已得之即所謂照水千尋迥棲烟一點明是也

佳句原從畫裡成老僧入定寂無聲苦吟忽覺拈花笑白鷺棲烟一點明

武鄉侯

史筆特書諸葛相墓門誰表漢將軍紫陽冠魏眞知已
赤壁生瑜尚畏君桑樹果然株八百鞠躬雖死國三分
七擒七縱談何易上策攻心今莫聞

其二

世無孔子詎尊崇猶肯低頭拜德公莘野託孤眞不負
草廬終古有誰同吟成梁父胸懷壯聘卻曹瞞胆力雄
君果臥龍還似虎料生司馬眼朦朧

呈建陽大令匡巳峰師乙卯闈藝蒙大令力薦不售

鬱鬱歲寒松青蒼在老幹烈烈竈下桐感此中郎看知

已難再逢琴材竟入爨焦尾有餘音撫膺發三歎

絳仙女相如天然有秀色不解時世粧胭脂多粉飾欲
嫁有良媒玉顏反爲累賤妾雖無緣夜夜夢君側

沙場汗血馬百戰噴餘生自非九方臯何以得其情昂
首在千里乍聞鼓角聲哀哉皮相士不及大宛名

匡衡善解詩聲音識太始安知天地心朝進竟夕已造
化茍無權何必判行止恐是梅花姿世俗艷桃李

題葉庚孫旭昌學博詩草

詩清都飲建溪茶太史淵源太守家多少吟懷驢背上

一天風雪看糁花

長城一將獨當關秦系何曾任往還筆陣森嚴攻不得分明詩令重于山時建溪方用兵庚孫學博適爲建陽學

看圍碁

戰伐乾坤一着思茫茫勝負看多時未探虎穴心先怯已劃鴻溝念轉㸦傀儡登場同作戲英雄結局且觀碁謝安挾妓風流甚別墅猶聞報捷師

潭陽謝文節公賣卜處

君平賣卜得謀生疊山賣卜竟餓死千古乾坤兩卜人

造物愛惡何彼此潭陽本是遯翁鄉安仁一敗走且僵
卜居自卜屈原宅急流勇退爲高堂高堂日薄西山暮
戊子之年春聞訃亡國大夫不圖存回首門閭無内顧
孰知政事爾何人大義敢責封疆臣讀書不解全忠孝
爲國薦賢胡足陳君不見南州闕里知向方聞名嘔唾
半閒堂又不見西臺擊碎竹如意悲歌慷慨動天地卜
肆長留建溪春懦夫聞風有立志

聽女史秀姬姊妹箏歌

一曲琵琶半面羞潭湖好作莫愁游書生大有英雄氣

不信盧家尙莫愁

雙淚嬌啼姊妹花可人應比笑時加結交義士今誰是
悵觸當年古押衙

一枝穠艷並蘭香環珮遲來月影長誰似風流蘇學士
替郎緩頰賀新郎

牙板聲聲唱竹枝入如紅豆最相思蕪詞愧抵歌金縷
記取秋娘未嫁時

渡烏龍江口占

數奇久歷戰場秋成敗英雄話到頭笑殺劉琨中夜舞

名心不共大江流

仲春抵家

不盡灘流險，非秋竟憶蓴。一身還屬我，千里乍歸人。訪戴驚爲鬼（連月功叔翹崧部郎、功甫石芝學博、朱劍農學博、余怡亭姑丈、鄭瑄君少尹相繼卒），依劉愧作賓。葡萄幾杯酒，醉臥故園春。

李艾侯廣文以甌閩用兵之際將之劍潭秉鐸索題三友圖作此贈之

白也詩無敵（借用杜句），交情潭水深。空山一樽酒，重結歲寒心。

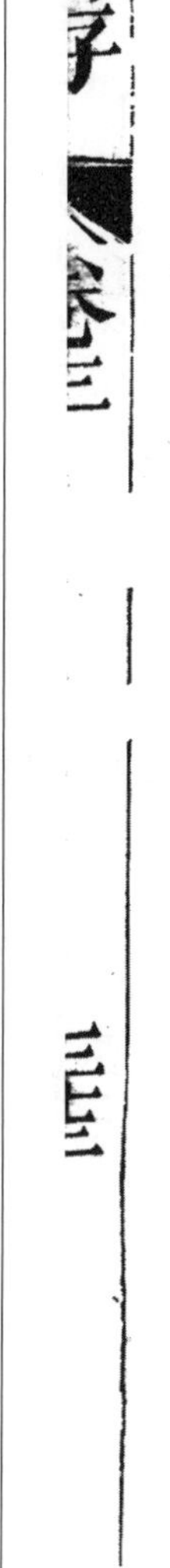

咏竹

此君不俗人胸中無蔕芥日日報平安絕勝一官拜

送蔡香谷少尹之官嶺南

故人南海去十載見交情捧檄同毛義憂危獨賈生癸丑吾邑失守少尹星夜馳往泉郡痛哭乞師邑人至今頌之畫松雙管筆作宦五羊城竟夕梅花夢羅浮又幾程

詔安徐汝封茂才爲予畫修竹圖作此謝之

徐熙古畫梅徐洲今畫竹畫梅似詩人畫竹肖清福從竹來比梅此君眞不俗千畝在胸中招隱嘯林巒堪笑

富貴場徒以肥其肉

題徐汝封茂才漁家樂圖

萬古此一時魚蝦爲我友世上多風波人生貴自守

夢登首陽山

夢中驅我去出門欲何之遥見西山上薇蕨正離離采之不盈掬清風送我師貪與夷齊語果報何用知回頭視四壁餓鄉以爲期

題陶靖節詩後

停雲何靄靄獨抱太古心仙家雞犬吠忽逢桃花林

移居何必廣所樂堪俯仰惜無素心人晨夕共欣賞
乞食至斯里傷哉陶合貧相貽在冥報漂毋有幾人
學焉得所近儲王孟韋柳知味鮮能眞惟公可飲酒

消寒十二咏

寒日

極目幽州此大觀百年苦短獨凭欄一時天地藏春色
千古光陰感歲寒氷裂長河浮海去山廻曉霧覺星殘
南枝向暖梅偏早多少行人雪後看

寒燈

琉璃世界廣寒宮西漆南油寶炬紅不信烟花如此冷每逢風雨本來空從他買夜尋梅共對我觀書映雪同妾似氷清郎似炭金錢休卜上元中

寒儒

勿向趨炎笑味酸安貧何處不心寬青氈夙擁村夫子熱客應慙火判官賣賦有時將妾聘立錐無地借書看風霜閱歷成名易寄語儒生莫胆寒

寒僕

得劍冬餘尚未遲相親客邸轉相宜一生報主圍爐夜

幾輩呼奴對酒時久歷星霜偏獨健最難揮使是同飢
家臣不少封侯骨誰拔單寒郎子儀

寒妓

秀色天然雪美人竹窗梅帳話前因相思暮雨瀟瀟冷
欲嫁東風處處貞春夢原來無定主冬烘從此入迷津
少年歌舞殘年憶苦海氷霜誤妾身

寒僧

山寺姑蘇城外新敲門老衲此吟身三冬了悟空中色
萬劫囘思世上人雪月交輝心即佛霜鐘救苦力通神

黃冠道友清貧甚一例消磨到轉輪

寒榻

偏是叅禪夜更長悄無言處月如霜銀床夢入三更冷繡被人薰一縷香客果熱腸容易睡婆眞矮脚費商量下來高士知多少雪滿山中臥欲僵

寒衣

刀尺空房不忍思儂家夫壻未歸期牽來錦地春深淺量到冰天古別離裘帶翩翩飛食相淚痕點點印愁眉征袍料理秋冬寄盡作沙場鐵甲悲

寒砧

黃沙萬里莽蕭蕭一夜聲傳出塞遥風信喚回如此百
秋心搗盡可憐宵月盈妾命團圓少衣到君身草木凋
空外音聽長別久繁霜苦咽淚花嬌

寒樹

幾經摧折見貞吾歷盡嚴冬幸未枯烟榦有時成棟宇
霜枝到海溷珊瑚龍盤雪夜凋偏後鶴守梅花賞亦孤
松栢果然堪耐冷百年回首樹人無

寒鴉

南飛莽莽笑曹公老去飄零赤壁風翻背夕陽楓落後
銷魂秋柳月明中城頭斷角蒼茫立宮髩殘年感慨同
反哺幾人能似爾春暉寸草報無窮

寒柝

每當臘鼓送聲聲冬渡函關耳倍明覺世英雄同守歲
重門防鎖作疑兵年終其應眞如響夜靜方知此不平
犬吠竹籬相互答一天風雪欲雞鳴

孔明鼓爲杏農觀察棣作

七十二墳藏不得能褫奸雄地下魄義聲千載滿寰區

特書丞相討漢賊憶昔淵淵梁父吟空山高嘯抵金石
賦就鸚鵡屈撾摻漁陽動地聞者惜使君帝胄恨難平
三顧草廬遂感激和鳴別調說柴桑塡然而進壁皆赤
銅臺雀瓦幾欲飛坎坎江東非將伯起釁偏生呂阿蒙
敢諫時無法孝直白帝城頭急暮砧在西藐孤僅六尺
鼙乎老臣伊尹躬用兵踴躍其鏜擊誰懷好音姜將軍
雷霆振怒愧巾幗可憐力竭五丈原鼓兮鼓兮堪歎息
嶺南觀察喜搜奇古色斑爛熱血碧壯烈至今泣鬼神
男兒慷慨身許國戰伐乾坤正需才斯人那堪緩頃刻

顧公再出清中原羯奴鼠輩齊失色擒縱自如善攻心疾舒大小皆妙策何須高卧隱南陽恐有好龍來賞識

題世德堂家廟碑後

康樂祖德詩老泉族譜記緬彼古哲人根本深致意我家自南安遷徙來此地迄今二百年螽斯詵詵備吾祖孝於親廟貌思早置吾父建小宗箕裘凛先志大宗幾欲成可惜衆謀棄哀哀蓼莪篇盈盈斑竹淚生齒日以繁可否日以異紛紛議論多疇能成其事豈無智與愚豈無美與刺吾叔遠嵐公勞怨俱不避咸豐丁巳冬棟

宇經營至歸然鰲岡山林木勞蒼翠奔走肅衣冠長幼別坐次數典果不忘祖宗有默寄願我後人賢毋使先疇墜

達嵐觀察叔靜觀樓題壁

達人貴自得高閣接天雲欲酌邀明月清光猶爲君月明不解飲萬物安足云戒定安心法西方仿佛羣

東坡生日感詠 己未十二月十九日

人生識字憂患始我畧知書窮到底化爲東坡無一錢官冷長呼符調水薦賢絕少歐陽公行年四十歎飄蓬

不堪回首誇春夢烏有先生富貴翁故人儋耳歸何速投我笠屐圖一幅贈形答影果我公慷慨長歌合當哭乾坤浩蕩日月白自古奇才容不得謫遷瘴海泣孤臣讒人之口甚劍戟歲在己未公生日爲公祝壽彈琴瑟裂石穿雲畵南飛坐客不二酒員一李委求詩我求文七百餘年生氣存願公助我心花發下筆橫掃千人軍

與澧中功姪部郎談詩

小阮應列星郎官早位置吾家千里駒刮目以相視十八賈登朝如何癖痂嗜愛誦老夫詩邑元亭屢問字昨夜

詠寒碚佳句不忍秘頗似王龍標音節堪駭異遂寄待商量琢磨別利器努力惜年華時哉眞可畏嗟我夕陽天無聞深抱媿四壁如來禪病鶴城北寄吾詩孟郊寒境遇爲之崇有時出塞聲燕幽老將氣近覺法門空古佛坐蕭寺要於其發端一見使人醉會當招子來同參玉版味金剛背後看三三妙語契

詠陳希夷

先生高臥最長奇事大如天總不知却被鷺門人喚醒西庵庵裏降靈乩廈門數年來有神降乩於西庵宮自稱希夷先生香火日盛廟宇重新

讀唐史有感張中丞遣南霽雲往賀蘭進明乞師事

疆界唇亡日依然食下喉可憐南八指莫斷賀蘭頭張鎬兵雖至睢陽水不流至今思李部得慰鬼雄不

寄壽遠嵐觀察叔

昨望老人星耿耿明上界遥祝介眉觴五福一齊居歌舞黄鸝聲天然發清籟竹林有阮咸會當躋堂拜手足不自如新詩以相代兆荃時有風痺之疾

追憶良友感而有作

每欲調絃自惜心，季常山谷舊知音。謂陳秋厓司馬、黃小石比部。而今何處談風雅，死別生離海上琴。小石近歸三山，秋厓歿後多年。

題老子才勇改詩品

作詩容易改詩難，撚斷吟髭膽尚寒。自笑不如生鐵鑄，推敲肯向死前寬。

題杏農觀察棣仰奎別墅

斗石飛來近心花，夢筆生光輝。留此夕煙火淡，疎鬆茶浪中冷味松濤大海聲。古香時滿室，飲酒和淵明。

南陽鎮襲男爵邱武烈公聯恩輓詩

將軍韡刀溽熱血誓師慷慨陣雲裂
至尊特賜威勇名颯爽英姿虜氣折吳楚當年大戰酣
一朝蟻賊滿江南長驅直入河陽急誰與健者邱龔勇
邱男先世曾斬蛟邱男飛來破賊巢十盪十決厲乃刃
左右盤旋長八尺生也身有所不惜死也志有所不易
撼山難撼岳家軍鬚眉不動天風黑君不見南陽諸葛
大名士出師未捷身先死今古英雄一例看臥龍臥虎
竟如此

送余和陔表弟之官永安司訓

泠齋苜蓿長闌干飛上瑤階蝶影歡珍重本來眞面目
秀才要作子孫看

兩心相印水晶壺一片氷清合共呼今日算君酬素志
阜比座上擁師儒

輓王香漪司馬 源海

低唱淺斟到五更曇花一現返蓉城傳家[illegible]弓誰學
司馬爲二等子爵王果毅宮師令孫襲爵少峯觀察哲嗣買笑金錢月有情生易封
侯偏夭折死無別恨誤聰明新婚未久長離別化石何
人不淚傾司馬爲蓮嵐觀察叔快壻

題遠嵐復庵兩叔塤篪唱和圖

二難風雨對床無一曲諧沂妙友于譜作棣華詩思好
室家宜爾樂妻孥
壽母何妨喜色呈綵衣對舞兩萊生畫圖省識天倫樂
吹出和聽第一聲

狀元紅荔支

臚唱傳來第一聲楓亭細擘色輕輕王曾温飽雖無志
綾餅偏能喫此生
雲宴爭開屬郄詵桂林相對一枝新側生多少魁天下

名字風流寫出身
龍頭報到笑顏開妃子風塵一騎來菱鏡有人西蜀貢
繒綃新試奪標才
及第歸來買夏多宣毫試策硯曾磨論圜獨有鼇頭占
不問端明問老坡

體物四咏

蠶

春蠶好吐絲他日爲絲死纏作嫁衣裳僵卧誰惜汝

蟬

秋蟬雖自潔我更甚爾清不平難訴盡大半是吞聲

蚊

客從東風來暗中肆饕餮利口與我親收拾我心血

蟻

杯酒奠南柯寻言非恍惚鬱鬱閉佳城愼勿思枯骨

美人四咏

美人涎

阿誰香口似波羅蜜贈櫻桃媚眼多一唾石華延紺袖
羣來仙液送黃婆蝸旋點點初含笑龍戲垂垂欲度歌
覓得上池無限好長卿消渴近如何

美人淚

滴盡羅巾好夢遲熏籠斜倚寄相思海涵秋水波千轉
雨打梨花春一枝鮫室月明珠欲泣雀屏風暖燭生悲
芳詞莫寄伊州令共落燈花蹙恨眉

美人妬

每畏秋娘妝不成婦津欲渡戒卿卿酸含梅子金釵墮

肥說楊妃玉箸橫邢尹心兵都有意鴛鴦肉食太無情

趙家姊妹難容物擣素班姬莫共行

美人眠

九曲闌干七寶牀溫柔鄉與黑甜鄉綠眉懶畫如宮柳

紅燭高燒照海棠短夢三更蘇桂魄媚魂一縷試梅粧

宓妃留枕無言甚欲託微波笑魏王

題伯兄春農上舍踏雪尋梅遺像

暗香何處返梅魂風雪蕭蕭冷墓門今日鴻泥空指爪
一枝玉笛弔鴒原

小梅詩存卷四 共存古今體詩肆拾弍首

同安吳兆莘丹農著

怪哉吟

病中哀吾兒谷老而作也兒年十三寢諳溫席過解趨庭竹屋觀書蕉窗讀畫瀟灑之致恍若晋人一二心交咸謂兆莘有子也庚申首夏女婢忽見怪異入戶而兒竟以奇病卒嗚咽人亡誰曰谷神不死揶揄鬼笑敢問老聃所游忍聞封篋之編勉作招魂之句無柰枯腸欲索沈約

病多恨賦未成江淹才盡我辰安在韓昌黎莫
送五窮寔命不由吳季札徒成三歎云爾

昨夜燈前絡緯鳴故園砧杵盡秋聲天高鬼易張威福
病久人誰問死生顧況飛熊難再世顧況子再世爲顧飛熊楊彪
舐犢太多情祇緣未悟彭殤理腸斷岐嶷馬客卿
八哀痛哭爲童烏八子連亡如此消磨海亦枯善不可爲
容或有古而無死信然乎枝頭香斷庭中樹淚血紅傾
掌上珠獨惜衰昏吾已甚夢兒形影轉糢糊

拜蘇文忠公遺像

東坡胸次別有天學佛不佛仙不仙不仙不佛聊復爾
我今一祝來蹁躚公來靈爽不可測前生老子渾無跡
明月之詩窈窕章照見禪心空是色七百餘歲結神交
我作主人公作客

冬至題復命關

貞下起元三十六月窩歸來甚脫俗鵲橋上下應星潮
霹靂一聲萬物育人生修養貴潛藏大造無私順所欲
天心微妙在梅花枝頭數點春意足

病中不寐依韋蘇州寄全椒山中道士韻寄醫友

曾克謹

臥病四載餘忽念採芝客遥知抱樸子靈丹碎金石欲
買北窓眠清風枕月夕笑問不夜侯春夢渺無跡

病中偶成

柴門終日爲醫開藥圃商量避債臺無可奈何無可説
病魔窮鬼一齊來
自憐心血已全枯縹緲梅魂若有無還似春船天上坐
令威消瘦欲仙乎

逃陽草

逃陽逃陽旣傷我足禍地莫知狂歌一曲

苦節吟

爲六姑毋作也姑毋以道光丙申年于歸方家數閱月而姑丈仙逝奉二老姑馨潔膳餐晨夕無間可補南陔所闕迄今將近三十載矣請旌有待恐兆基多病不及贊之先作此吟以俟采風

月出梧桐庭地名照見深閨裡中有新嫁娘哭聲振閭里合歡纔幾時竟夕秋風起乍來學並飛何意乃如此

郎面未分明屬纊屢回覗誓欲從郎去階前古井水舉
首高堂上二老誰依倚愁刀斷肝腸淚珠傾血髓代夫
補南陔晨夕奉甘旨偶見繡鴛鴦嚴霜裂十指爲婦兩姑
間未亡甚於死含飴弄兒孫語言少見齒孀居廿八年
松栢眞可擬貞女誰所生延陵吳孝子苦節顯門楣恐
有鬼神使
盛世旌有期
國史雙濟美
帝許祀春秋馨香妙無比他日華表鶴魂歸作連理

觀我五詠

生

俯仰氤氳悟化機胎元深護月誕彌一聲墮地吟身現
百事輸人出世遲寒乞本來眞面目聰明終古悞男兒
寸心妄想劬勞報風木西山日夜悲先塋合葬在廈門西山西山一作獅山

老

隨身竹杖任衰年容易催人到夕陽只剩雞皮延歲月
那堪鶴骨敵氷霜晚晴有分關天意春夢當年入富場
受戒尼山知在得敢將衰朽竟相忘

病

菜色淒涼淡不春懶鈎簾幙怕勞神巫醫坐視將三載
人鬼交爭此一身癱似離魂歸地獄狂如舞絮墜風塵
目暝欲向閻羅訴切莫來生付轉輪

死

果然解脫化眞吾入地升天只兩途孤阜安眠三尺土
百年定論一迂儒驚人無句詩先朽厲鬼當爲賊未孤
寄語青蠅休作弔生前肉相已全無

苦

辛勤一刻值千金秋雨秋風滿竹林說肉將軍先獻計
吟詩志士已嘔心調茶如薺新婚早拔我何人大海深
愁聽猿聲眠不得藥苗滋味口中尋

辛酉五月廿三夜忽憶亡兒谷老期年成此當哭

作佛恐居靈運後成仙翻悔老坡遲汝來入夢生無異
我到傷心病莫醫嗣祖烏知非是福男兒豹死尚留皮
敝裘破服猶封篋明日開箱祇益悲兒沒後尚存羊皮裘數件

佛前歎病

佞佛今生太自癡世尊迦葉笑開眉人如已死心偏活

藥到無靈病始奇老去維摩空色相窮來菩薩肯慈悲
年年苦海愁難渡寄語華輪快轉時

賀仙未肯救喬仝終日昏昏憂寐中手足動搖偏作敵
顛狂歌舞欲凌空生如廢物真無用看到流民我甚窮（手足不仁不如流民猶能在市野行走）病裡解禪空說法莫從天女戲神
通

哭亡兒谷老

平生無耳耳（魏武帝曰諺云生女耳耳）親戚多讚美生女故足悲生
男固足喜我豈少男兒十一八箇死就中有明珠谷老

眞俊偉隨行學步趨抱羔讀經史去歲是庚申淒涼黑風起吾命帶金神（金神見子評書）鵰梟哺其子吾廬變凶宅白晝時見鬼吹我好花枝憺然到蒿里言上北邙山纍纍秋墳是仰見一鶴飛魂歸縹緲裡長歌當長哭況痛八精髓變作東坡叟老淚如瀉水（東坡哭幹兒詩有老淚如瀉水句）孩提有何罪惡報我累爾累爾一十三朝露年華似爾生似朝露我生如流矢念爾太聰明法輪容易駛誠恐黃泉中安得長相視

聞臺灣總鎮林龍江（向榮）一門殉節感而有作

睢陽千古烈，今日復東瀛。碧血征旗色，忠魂戰鼓聲。弟兄皆許國，妻子竟捐生。總戎在斗六門陣亡，七弟向皐茂才、次男張成公子後先不屈被害，夫人吳氏在任聞變，絶粒長逝。忍聽更樓笛，哀音萬馬鳴。

喜聞劉燦觀提舉次郎入泮，憶及提舉弁悼龍江林元戎不置

劉晨今有子，新採曾侯芹。甲第從頭數，秋風轉眼分。相思劍池月，坐看鼓山雲。欲詠三八影，元戎不可聞。乙卯與提舉在水波門龍翁署中談心數月，今龍翁陣亡東瀛，聞之俱有鄰笛之感。

病中喜內兄潘德立過訪又話別

獨臥維摩榻，重逢詎有期。況當長病後，回憶落花時。情緒香奩調，華年錦瑟詩。黃泉君弱妹，待我畫雙眉。悼亡

君家文圃下，山水可療饑。嚴岫當窗列，溪流遶屋飛。花間雙蝶媚，牆外一僧歸。薄暮開軒坐，簾鈎捲落暉。

潘選初學博乃郎希甫過訪

家世共儒官，移情昔豬盤。羨君書眼過，借我舊詩觀。善受到虛竹，知言如素蘭。閒居正年少，賦手欲藏難。

贈陳儀庭孝廉采

英雄未遇時惟我識利器老去眼猶明秋風已得意文章果可憑玉堂任游戲近交如飲醕不覺吾自醉

答林賓秋學博問病

抱恙近十年偏有故人惜針灸既不靈醫藥亦無益君言修鍊家神咒爲上策忽憶賀允來回生在頃刻落葉潚蒙山何處呼將伯

感病自歎

不管人間事詩魂颺米顛遍身疥作祟一病鬼兼仙子甚景星犬家如吸露蟬輪廻何處好翹首問青天

告亡

僕自庚申宿疾不愈，常在床，尋求生壙於廈門東牌山之麓，迄今五載，貧病交逼，氣血全枯，諒去人世不久矣。然生爲窮人者，死當爲窮鬼，幽明雖異，道理不殊，爰成告亡之作，以永別我同人。倘思腹痛之語，其體察吾志可也。

坐破蒲團卅四年，如來只得透參禪。隻雞斗酒無相祭，多買梅花種墓邊。

癸亥三春猶子維翰生一子名曰叔瑚題名亡兒轂老木主云欲祭而私嗣之作此誌喜

癸亥春三月辛未日吉時猶兒生一子欲接亡兒枝果然符我夢喜氣來繩其笑我窮入骨抱孫不含飴賢愚雖未判頭角亦頗奇願言繼芸香勿效乃祖癡

記夢

甲子三月花朝夜睡夢一姝搴予帷而歌曰采桑陌上見羅敷月滿平林水滿湖任是江南好風景也應惆悵石城隅覺而知爲不祥遂得腳

疾寸步難進作詩誌之

夢裡搴我帷艷歌香魂吐不是司馬櫝何來黃金縷

卧病奄奄遣嵐觀察叔每當過訪輒喜紘詩不倦

作此奉寄

直到桐焦始辨琴無端爨下遇知音中郎入聽身先赤

風簟平鋪何處尋

知兒 一名韻琴

知兒方讀書行年六歲甫忽聽大鑼聲問爺誰中舉

夏日歎病

長夏日長如小年午晴欹枕夢遊仙忍饑我已同臣朔善病誰知有伏連伏連病鬼名脚力就衰和璞後心風争着祖鞭先身當大患難無患易死蜉蝣汝最賢

送族兄和亭少尹維芳歸南安

一事無能七事休朝朝家計倩誰籌送君大拂周郎意不愛東風愛石尤

楊紫亭鹾令鳳來近自武夷歸爲荃叙詩作此奉答郎送其赴省應試

索君叙贈君詩仙乎飛來自武夷建溪茗肯變爲酒十

七仙人齊拍手曾孫大醉數千斗忽然病死夫何有我病未死君竟同爲我敘詩一何哀吏部文章建安骨哀我無命不須才千古才人終是累禰衡見殺黃祖貴我今病瘖善駡人刺舌未經好吐氣有時欲吐聲仍止伏寇在側牆有耳人心曲比九曲多竅來莫說空切齒身欲奮飛病在床次公雖醒却能狂狂歌不爲食狂歌不爲眠只爲兩脚拘攣不能隨君踏破鰲峯巔下視齊州九點煙

奉答李艾侯學博林華問疾

毗耶長者無言師病骨磊嵬如枯黽跰𨇤欲進鑒井嘆造化拘拘以我爲憶昔曾與文殊偈菩薩不二法門時八載重逢但默默他日妙喜請相窺

甲子八月與黄阿籌談及秋闈期近感而作此是年試期移在十月

我昔行路難何人共崔嵬阿籌埔錦人從我二十載望我登巍科此心終莫改刖足笑卞和含寃思塡海憂憤生狂癡恍惚如見鬼鬼蹦令人窮孔方不少待貧賤忽易交錢神真可鄙乞食歌娼院衲衣十手指行行欲何

之漂毋令誰是邂逅黃阿籌謂言秋風起閩嶠桂花香富貴迫人矣伏櫪自悲鳴病馬志千里入定如來禪祖師尚愧恥

奉寄孫壽卿司馬　長齡

芊老來自東坡界文字娛戲得自在飽看梅花羅浮村雞鳴初日銅鉦掛畫妙亭詩笠屐圖歸裝只此吁可怪寶鄉出守公竟貧窮困如予死難待憶昔與我團民兵刀斗森嚴同警戒請纓慷慨各西東君向江南我甌會沙黃石白陣雲寒衛青李廣論成敗路鬼欺我笑揶揄

作郡送君去嶺外見說道旁喧口碑面目不同俗吏輩
勸農日啖荔支香論園買夏涼風屆天容海色本澄清
斯遊奇絕令人愛近因讀禮閉門居麻衣如雪蔘莪廢
石芝食後幾地仙一囊藥石三年艾可惜不來醫米顛
蘇洸良方何時賣忽然爲我叙詩篇惜我當年氣豪邁
吾詩惡陋甚徐凝飛流濺沫莫洗害家有敝帚直千金
藏拙無能不覺險貽禍梨棗或贈君請君覆醬得清快
不則帶往惠州去恐被髯翁笑蕪穢

喜蔡濟庵軍門潤澤公子文軒把戎國華征浙凱

旋

戎馬仙霞外覊危不一身雙旌同去鳥兩漸作征人父子忘生捷將軍入奏頻分明功過在輿論建溪濱軍門前在建溪防剿被謗過擬發往口外後歸林密卿元戎文察軍營立功請以功過相抵

送陳儀庭孝廉采入都應試

嚳蓊山勢挿天橫疊翠雄關擁帝京人去金臺誇市駿時來春宴聽宮鶯薊門風雨思親夜漳郡干戈見友情時長髮賊匪攻陷漳城孝

廣因同里摯友外出遲行會試報國文章摯

國手封侯萬里屬書生聞金陵克復曾湘鄉協揆敘功晉爵

再到滄江感詠

又向滄江去茫茫十載間霞蒸圭嶼塔日晛海門山烽火連州郡豺狼任往還時長髮入寇汀漳龍漳郡失守安危思將帥極目萬松關聞林密卿元戎安營萬松關

遊文圃山龍池巖

我愛憩亭水天然石鼓音欲尋丹竈去忽覺白雲深觀

海分潮汐遊山閱古今躍龍留不住明月照禪心

小梅詩存卷四 共存剩句二十八聯

同安吳兆荃丹農著

怪竹出林偏發笋　梅花帳裡詩人睡

奇花着樹便成胎　竹葉杯中酒客酣

雪月梅花清到骨　月下彈琴花弄影

酒燈八百艷于春　竹邊讀畫鳥窺人

子雨兼纖春意懶　頑石橫琴蕉夢覺

午風搖曳夏花涼　奇花入畫玉人憐

心佛已成羅漢竹　琴韻風清花意閙

眼禪不到美人蕉　笛聲夜靜月眉低
牧子騎牛三弄笛　花風送酒酬文士
園丁撲蝶一枝花　穀雨收茶上武夷
庚魚乙鳥風清夜　人海喧譁看走馬
甲舞丁歌戲上臺　天河明曙渡牽牛
八日題詩屁酒醉　父風繼起箕裘振
仙霞騎馬午茶香　子雨亷纖草木知
江面洗翎浮水鴨　漁火遠隨殘月落
渡頭叉手看雲僧　雉城高挾怒潮寒

詩句好如佳子弟　竹偕花月成三影

魚苗戲似小奚奴　人與琴書共一床

一代江山棋半局　衝泥馬足霜橋滑

三春花月酒千杯　帶雪梨腮野店寒

一樹夕陽鴉背上　江翻斷岸鯨波立

蒲江明月雁聲中　山背斜陽鳥徑通

立雪已深三尺影　文苑詩名歸丞叔

畫梅先放一枝春　武夷茶乳飲曾孫

竹馬迎來眞循吏　烏珠軍笑班師詔

木雞養到是吾師　黄石書傳進履人
蘭花合譜眞心友　武帝果然知叔子
萍水相逢盡面朋　文王端不似曹公

小梅試帖詩存 共存叁拾伍首

同安吳兆荃丹農著

賦得修辭立其誠 得誠字五言八韻

盛世原無佞忠言格
至誠脩辭歸體要立說戒縱横駟馬追何及豚魚信可行
三緘同艮輔寸念本恆貞保赤求能副雌黄辨莫
爭中孚千里應无妄一心生功德豐碑頌文章節
制成
篤恭欽

聖教敷奏答
昇平

賦得鍾馗嫁小妹 得唐字五言八韻

怪事談天寶終南百兩將令名成進士小妹賀新郎甲第門楣大泉臺鼓樂忙紙錢叨贈嫁燐火照催粧兄豈人間有夫眞鬼國良吹壎何慘淡合巹亦淒涼烏帽圖形肖紅顏別恨長諸姨楊氏艷夢寐太荒唐

賦得平秩南訛 得南字五言八韻

帝曰咨羲叔均平化自南式訛
皇極建有秩
聖恩覃行陸占星火如山祝
壽男成由和仲繼謡本史遷參種豆耕田早彈琴奏曲
酣麥雲千畝潤秧雨一郊涵
恭巳
離明照
重申
巽命含萬邦歸

位育

德政邁棠甘

賦得莊姜送陳女 得歸字五言八韻

家國無窮恨如何不大歸風詩新送野雨淚欲沾幃細柳離亭折柔荑別調揮花花難共對燕燕故于飛此日成紅怨當年賦綠衣有人知大義此女亦沉幾引領蝤蠐是因緣姊妹非完兒雖宿草濮上樹勳巍

賦得山愛夕陽時 得時字五言八韻

素有游山癖逢山愛便癡書齋新霽後樓閣夕陽
時雲意閒俱懶秋容瘦益奇楓林孤塔聳花塢落
霞遲去鳥銜烟破歸僧背日馳晚晴無限好未雨
也相宜蒼嶺開圖畫黃昏颺酒旗長吟錢起句遣
岫列雙眉

賦得安危須仗出羣材 得材字五言八韻

驚破霓裳曲安危仗將材出師須奏凱羣盜竟殲
魁鶴立常山起龍攀晉水來平原何矯健虢國巳
塵灰衣白眞仙骨環肥是禍胎成功歸李郭正氣

想南雷誰作金淮障能收大局迴曲江風度在告奠少牢陪

賦得月到中秋分外明得圓字五言八韻

分外明如許清輝便可憐中秋今已到此月為誰圓冰鑑澂餘滓星河淡暝烟影浮千里共光溢十分妍倚檻人吹笛觀濤客喚船天心增皎潔夜色倍新鮮三五雖無異尋常或未然幔亭高絕處照見會神仙

賦得月湧大江流得江字五言八韻

十萬軍聲起驚流湧大江多情惟皓月健筆此長杠玉宇金波際銅琶鐵板腔一輪擎浪出千里怒濤撞白馬潮頭立銀蟾夜氣淙山青潮送六鏡碧影成雙今古曾經照魚龍未肯降鄜州工部句近水試開窗

賦得麥秋至 得秋字五言八韻

豐年多瑞麥綠意不勝收買夏還銷夏非秋亦號秋碧天晨氣潤綺陌暖風抬色未梧桐老香先餅餌流僧衣田密密農服日悠悠賞月從時節耕烟

話隴頭胎合梅子雨淚壓稻孫樓

賜宴櫻桃熟

時巡

帝澤周

賦得重與細論文 得文字五言八韻

重話匡山處相逢我與君仙乎常得句白也細論

文敘舊頻回首翻新漫亦云六朝空博學七子只

多聞疵欲吹毛索狂曾握手分都憑毫髮似不礙

鬢絲紛齡到能工巧奇來共賞欣千秋誰載道落

月照離羣

賦得鑑空衡平 得平字五言八韻

一代推宗匠悠然意氣平清空常保鑑正直妙持衡面垢驅蒙障心權法巽行虛無方是色規矩本相生累黍三分溢靈花四照明風檐觀子細月旦定公評金鏡千秋澈璿璣七政成

宸衷釐省察律吕協中聲

賦得佛手柑 得柑字五言八韻

西方千手現移種在南閩證果偏脩佛因緣轉愛

柑軍持傳一一禪指悟三三攜酒看成斗拈花笑
是曇纖疑天女伴香飛水仙參白露薗林潤黃金
色相涵不龜雙掌合無恙十分甘細壁巖茶契風
泉淨俗談

賦得萬頃江田一鷺飛得飛字五言八韻

萬頃江無際空中一望微水田原漠漠雪鷺故飛
飛拳足搖明月單身破落暉波涵千里入八其半
鐮歸天濶無雙影溪清繞四圍耕烟憐犢瘦戲渚
得魚肥獨立禾盈野斜行椰映磯利州南渡日風

景觸詩機

賦得南陳北薛得禾字五言八韻

南訪陳場老園從北薛歌星辰生面詠桃李醉顏酡元季孫枝茂恢雕祖澤多齊名星斗重比翼鳥聲和族本衣冠大盤如苜蓿何紫陽千里弔白鷺一行過詩好花成貌鄉廉水不波東西尋未得曾背指嘉禾

賦得其登青雲梯得梯字五言八韻

其有淩雲氣青雲路不逃同年登甲第下界倚階

小梅詩帖

梯價已龍門重名多雁塔題千霄銀漢迥取月碧
天低素履疑追日黃裳或詠霓衆仙班笱列千佛
榜花齊魚貫相隨也蟬聯直上兮廣寒應有約唱
曉聽金雞

賦得次第看花直到秋 得秋字五言八韻 乙卯薦卷

看遍花無數從春直到秋果然開次第卽此任勾
留是否芳心切分明老眼收一鞭催走馬七夕盼
牽牛雁序纔蘭譜蟬聯又蓼洲別梅曾寄信賞菊
復當頭滿目光陰變回時節氣周紅情兼綠意明

月下高樓
着眼次第二字良工心苦 臣巳峯師原評
賦得膏雨自依旬 得旬字五言八韻
好雨眞如約滋培萬彙春天時依有日膏澤自逢
旬甲子從頭數丁男引領頻穀堅還似舊苗長亦
懷新潤綠催耕卯流甘定浹辰腴原分到地脂亦
下於民既濟重占卦中孚信及人力田歆孝悌在
野頌
皇仁

賦得入門下馬氣如虹 得虹字五言八韻

有客敲門入高軒下筆工此才堪倚馬其氣獨如虹稱驥揮毫速登龍別樣同詩豪能貫月骨駿欲追風半漢傳張子雙橋話鄭公鬼才開闢後神色激昂中寶劍光芒甚金鼓顧盼雄錦囊新得句江上晚霞紅

賦得良玉在攻 得攻字五言八韻

別有神斤在他山妙化工金吾憐彼貴玉汝待誰攻是損還相益爲師信啓蒙日宜新以漸年合報

成豐追琢温其質鍼砭礪乃功震威剛克下比德
自修同藺璧應歸趙西銘直到東合輝期報
國善寶愜
宸衷

賦得願乘長風破萬里浪 得風字五言八韻

萬里飛騰相英年願立功果然能破浪即此快乘
風虎氣昂頭外鵬摶振翼中蒲團空院北鐵索下
江東掣電驅雷異投鞭擊楫同馬當眞浩浩鯨海
獨雄雄天地應憐爾蛟龍或避公讀書思報

國地水竟從戎

賦得東風已綠瀛洲草 得洲字五言八韻

階草徵祥瑞

仁風

帝德流東來朝

玉陛綠已滿

瀛洲

瓊島濃陰護

巒坡疊翠浮樹之原若此偃也必然不爽忽登仙境

青疑到佛頭春光囘黍谷秀色入簾鈎

巽命扇和速蒙茸解凍周野人何以祝願頌

萬年謳

其二

不信蓬瀛路東風草已稠妙香聞佛國新綠到仙

洲吹暖金閨夢囘春玉雨流可憐蒼翠色又是短

長愁紅掃知多少芳尋任去留裙腰山並瘦書帶

水同柔渤海王孫第潛江學士舟踏青鞋欲繡萬

里盼神州

賦得人生看得幾清明 得明字五言八韻

人生如寄耳逢得幾清明看破浮雲事安知後日名雨緣方到眼霜鬢太無情滿目鞦韆戲回頭節序更曉風垂柳色朝露賣花聲一瞬馳駒隙雙眸閃驛程金身非久現銀海不長榮惆悵東欄甚思家未忍行

賦得釀梅天氣不多寒 得梅字五言八韻 癸亥病中擬作

欲放南枝暖多寒不是梅春心新醞釀天氣厚栽培綠瀫還成蔓黃流莫認醅配鹽輕積雪無酒亦

銜杯淸極林和靖甘于麴秀才蝶知飛下上鶴守費疑猜笑共巡檐索詩非擁被催闈中方選士珍重百花魁

賦得墨得侯字五言八韻

未拜龍鬚友先封即墨侯鍊丹奚有是守黑本無求稼穡書田潤詩詞學海流金壺眞活潑鐵硯亦溫柔蠹食猶留跡魚吞却避鈎烟凝千古秀花放四時秋香璧能如意朱衣或點頭笑他堪飲水徒與客卿謀

賦得逸翮凌北海得龍字五言八韻

奮翮凌霄志詩成范彥龍中書眞暇逸北海亦橫衝儀羽濤頭雪文瀾舌底鋒翼乎風正順翮若勢相逢自具神通力如游物外蹤飲宜文舉共居訝伯夷從鳳翥鵬摶象鸞飄鶴舞容飛鴻如許戲畬氣彩雲濃

賦得寒與梅花同不睡得寒字五言八韻

俱是江南客梅寒我亦寒欲同花不睡忍聽夜將殘玉骨偕誰冷氷魂尚未安兩心燒燭照雙眼凍

缾看清極能知否眠如欲貢難有情交雪月無夢
到邯鄲鶴守八堪共鑪圍影弗單黑甜鄉裡近媒
汝借書觀

賦得夜深忽憶少年事得年字五言八韻

老大從艮後更深憶少年夜來談往事忽覺變哀
絃春夢回難語秋娘妬可憐當時登雪嶺此日謝
花筵刻玉杯同醉銷金帳共眠賀郎先綏頰狎客
有歡緣覔覔纏頭錦尋尋買笑錢欲歌還欲泣江
月照空船

賦得多病故人疎 得情字五言八韻

世態秋雲薄新疎是舊盟自從多病後無復故人情素問皆岐伯青垂少晏嬰在床難附驥割席漫遷鶯報竹談非易如蘭臭竟輕相隨交已散是損筮偏明衣巳同牛泣詩誰賦鳥鳴家臨桃岸上莫肯慰三彭

賦得六極疾居二 得疇字五言八韻

六極誰居二占凶再衍疇降威雖有用去疾却無謀是一元元妙兼三兩兩周窮堪新鬼送疎笑故

人休豎子膏肓在亥辰次第求夏畦如此病春色不曾留轂已將飛蠹衣眞欲泣牛藥烟松際露明月下簾鈎

賦得聖女妻公冶長 得長字五言八韻

毋訓拜官肅東牀得治長其人原可妻此女亦非常泗水門楣大尼山壼範莊鳥音歡合巹豬語趁催妝秣馬三周御乘龍數仞牆鼎銘同警戒書味作羹湯食肉亡羊是因緣射雀良桃夭華灼灼第子護鴛鴦

賦得越王故國四圍山得王字五言八韻

故國周遭在山山護越王四圍皆玉壘千里固金湯旗鼓雙峯聳琉璃兩點蒼關連三省近地接百蠻荒逐鹿無疆土屠龍有版章七閩歸保障五虎入徼茫牛女占分野熙和現戰場高臺千古在廟貌薦馨香

賦得彌子之妻與子路之妻兄弟也得兄字五言八韻

異器薰蕕別妻齊敢背盟賢奸氷與炭巾幗弟兼兄驕態餘桃寵同心負米情雄冠眞行行雁序笑

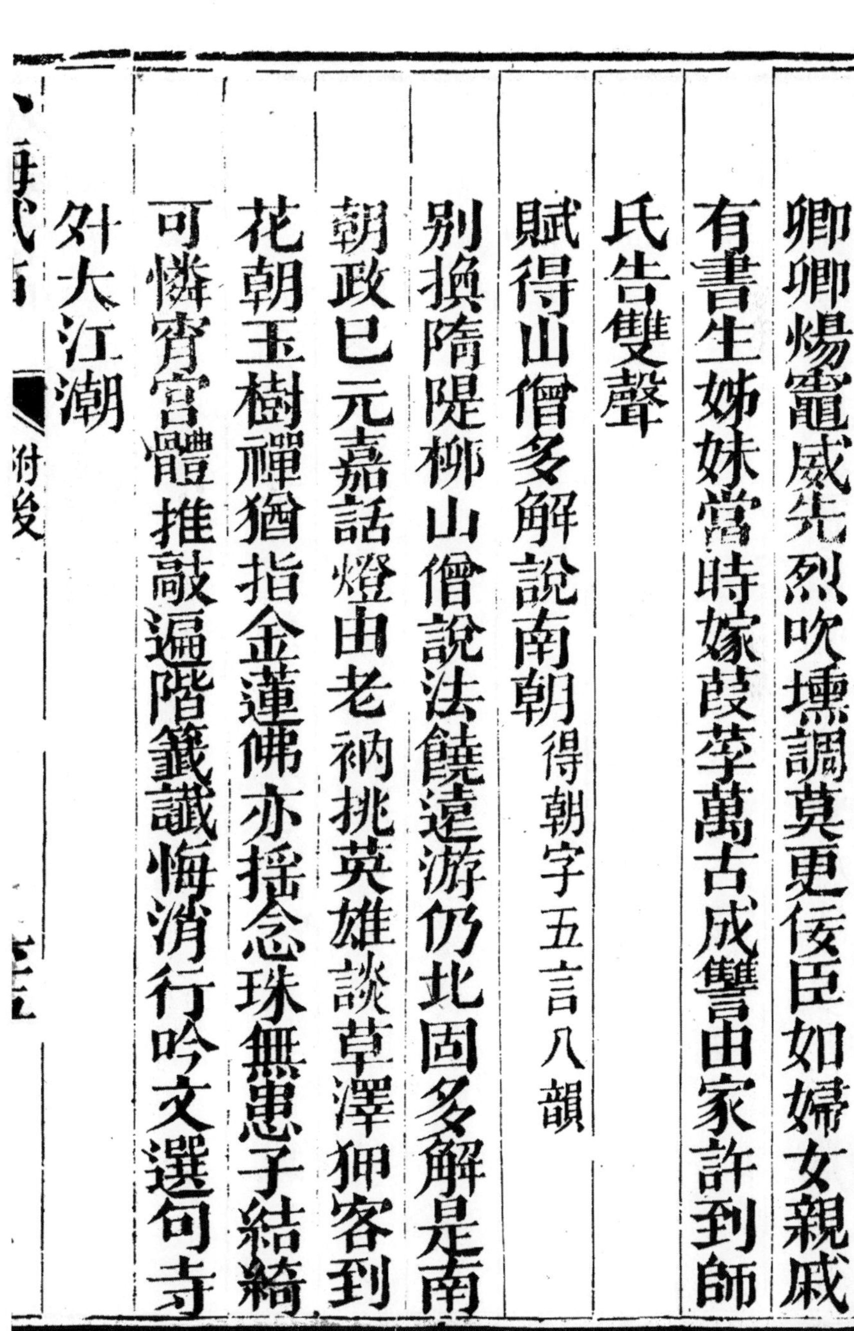
卿卿煬竈威先烈吹壎調莫更佞臣如婦女親戚
有書生姊妹嘗時嫁葭莩萬古成讐由家許到師
氏告雙聲

賦得山僧多解說南朝 得朝字五言八韻

別換隋隄栁山僧說法饒遠游仍北固多解是南
朝政巳元嘉話燈由老衲挑英雄談草澤狎客到
花朝玉樹禪猶指金蓮佛亦揺念珠無患子結綺
可憐宵宮體推敲遍階籤讖悔消行吟文選句寺
外大江潮

賦得異書渾似借荆州 得州字五言八韻

借得書歸去吞吳孰與侔異偏搜鄴架渾早似荆州字食人如蠹營安口是油一鴟忘爾我三郡釀戈矛容果居奇貨江還據上流何功同破魏老見竟依劉湘水談前事曹倉笑舊遊睡餘難割愛常送或遲不

小梅詩存補遺 共存古今體詩貳拾伍首

同安吳兆荃丹農著　男韻琮子璧謹刊

春燕

春來何處送雲車，淡月微明辨故廬。此日呢喃王謝宅，去時銜到任宗書。愁生漢殿繁花散，夢斷梁園舊影疏。借問玉真栖息地，東風飄落淚痕餘。

語語歸來怕冷香，晴絲一卷九廻腸。相逢鳴岸栖楊柳，好與流鶯上海棠。金屋睡時春亦懶，玉釵飛去日初長。舞筵笑對佳人蹴，別後秋風客夢涼。

久病寄從弟杏農觀察

一病依然盧照鄰，五悲文字五窮人。茨山頹水安排處，愁絕風塵丈六身。

出岫無心似懶雲，對牀燈火共論文。五羊城外珠江月，照見蒼生屬望君。

自歎

自歎寒儒似野僧，十年長伴佛前燈。生來時命雖多舛，看到醫巫孰有恒。靈藥盡嘗千不是，癡兒已長百無能。祝宗祈死天方醉，只隔重閽喚莫膺。

登洪濟山 山上有觀日臺五更時可觀日出

滾滾銀濤湧日還巖頭曙色占人閒僧敲鐘鼓催殘夜
地瞰臺澎接百蠻樓閣玲瓏蒸蜃氣蓬萊高聳駕鼇山
火輪番舶猶飛渡天塹何時鐵索環

懷蘇州方伯郭遠堂師

吳會浮雲起相思別後能東山正高臥火色正飛騰爲
雨崇朝徧如霞晚景蒸江南作開府時師權篆巡撫努力助
中興

贈從姪灝

年華纔到賈登朝腹有琅玕筆自超傾液羣言芳潤漱
勿將腹笥讓邊韶
生子如斯未是貧阿翁奔走幾風塵歸來式穀奎山下
來葉芸香有替人

曉度小盈嶺

同邑煙村盡尋山赴小盈橋霜繁鬢背地名闕月度雞
鳴日湧馬頭白泥分鴻爪明雲閒辨雙塔遙指鯉魚城

奉答比部員外三山黃小石先生兼索代作生傳
并乞生輓詩數章

生别十三年，人事遞變易。况我長病軀，死別在頃刻。丈人入我夢，形容異平昔。恐是胡蝶周，栩栩意自適。憶昔歲庚申，丈人雙鯉錫。海外寄新詩，一讀一節擊。近體大雅音，阮亭西涯側。有時入王杜，天地籠咫尺。古體陶謝閒，胸次是蘇軾。至此神乎技，叫絕案愈拍。美玉韞匵藏，深爲丈人惜。惟感丈人厚，許我才李白（庚申先生贈句有君才如李白之語）。君子死知已，病梨死不得。空見孫思邈（甲子求醫於孫夢九司馬云是心病非藥可治），痰涎海潮激。手足時瘈瘲，顛癇九州窄。荄山頴水閒，造化兩難測。問疾何能來，戰場勞苦積。問疾何能痼處境太悽慼痛哭甚西河廻腸轆轤⿰車啇死者長已矣生者善莫責慚愧爲人父陰譴到子息傾囊買憂患彼蒼曷有極外無飽叔憐内少王濟識大畏竈頭婢每飯交徧謫言之淚暗吞癡兒反悅懌忽遇楚兵來猛氣衝矛戟志（琮兒小名）欲從戎去挽弓笑棉力讀書紙墨疏學賈利源塞對此我了然身後事寂寂誠恐累家弟一棺作將伯（甲子病幾死杏農從弟云如有不幸欲助桐棺）生壙及時營我自誌窀穸願乞生傳文請公勿粉飾雖乏劉乂金猶勝霜竹客莫諷貧賤交潤筆傾芝液又具名巖茶松風鳴兩腋易

簀縱遲期哀誄正宜亟生輓詩齊來七發去病或佳句勒墳頭山靈護魂魄不見銘東野恤家集親戚尚有九歲兒毋使饑寒廹余病多年以名琴幼子面囑杏農弟代為培養因杏農意欲此兒兼為之後也

丙寅清明歎病

風流儒雅舊知名顧視庭槐倍有情此樹婆娑生意盡十年顛倒過清明

端陽六詠

艾人

午日鍾馗畫未成且將福德鎮禾城一時鬼祟知迴避

千古神醫讓姓名慕少何曾同木偶受中難得是蕭生
笑他富貴求昏夜莫料冰臺兩眼明

蘄虎

纖三盆手及良辰現出於菟怕未真歡喜聲聲呼老子
經綸炳炳話同寅燕釵月午樞精散蠶甕風清寶髻勻
他日買絲還欲繡胭脂撲面拜鍼神

蒲劍

茗戰縱橫孰敢當看來三尺句溪旁英雄草澤疑亡命
水石精華竟熱腸堯韭有形同巨闕張華莫認是干將

玉衡回首光芒甚起舞何人似大娘

柳旗

誰共靈旗一色鮮離亭別緒日懸懸堤飛翠鳳初含纛

岸閃青龍欲鬭船重午乍鳴珠絡鼓三辰輕颺酒樓煙

小蠻方豔香山老如此心旌絕可憐

葵扇

蜀種移來在指頭青青畫得放翁不掌中向日偏消夏

襟上搖風直到秋是錦轉教游蝶避非羅還可撲流螢

合歡無限傾心事錯認桃花憶姓侯

蘭湯

活火頻催蟹眼麤素心滾滾寄冰壺潔身何幸成龍袞續命猶能到虎蒲香水灌從生佛頂溫泉浴想美人膚盆中扶起新承寵徵取燕姬入夢無

縹緲樓即景

春色來天地登臨縱病顏渴虹初吸海駭浪欲吞山浦遠衝帆出鉤寒釣雪灣行藏今莫問明月照松閒

贈葉少蓉副車

當代橫山叟蒼茫獨立時國初吳江葉星期大令携家入橫山築小圃顏曰獨立

蒼茫處事見松陵詩徵

枕戈雙眼赤甲子副車團練同城賊來攻城副車晝夜焦勞眼爲之赤

援筆

九重知

晉錫堂鱣集副車敘功教職豐功汗馬馳人才關此職莫道

有閒期

何日蓬門顧雄談信口開固窮關氣節未死愼疑猜對

我雙絲鬢賸餘生一酒杯荷庵新月色那肯逐人來聞副車將設教荷庵

附和韻

廿載聯知已，傾心下榻時。君到同邑應試在陳秋厓司馬舘中晤面遂以定交身癯秋鶴似，吟苦夜蛩知。君工詩多從苦吟而出鯉郡千軍掃，君丁未應郡試高冠一軍獅山匹馬馳。癸丑君仝王少峯爵道征勦小刀會生才原有用，翹首副昌期。君敘功教職豈爲儒官冷，薪纏痼未開。君累年爲二豎所攖窗梅詩客伴，梁月故人猜。待掃花三徑，容傾酒一杯。侯余回來便當問候連牀深話舊，夜裏雨風來。

和李永軒公子題惜紅僊舘詩集原韻

忠臣何必擅詩名，詩到忠臣死亦生。欲與令孫談令祖，

一天風月轉淒清去歲盥誦令祖忠毅公遺作

常侍良圖雪夜來安危桑梓見奇才當時大有回春手

再造閩南放嶺梅尊翁潤堂提帥癸丑十月克復厦門邑人頌其匾曰閩南再造

記否普陀同納涼午陰槐夏石眠牀故人休道傷心事

病入膏肓悼幼殤癇病之由實因哭亡兒谷老得來故大作見贈有十年前已悟彭殤之語

重逢公子問華年詩思飄然似謫仙前世禪心收不住

今生應檢出山錢公子曾刻前身原是一詩僧圖章時聞公子治裝北上

附原韻

一到鷺江耳盛名咸豐癸丑歲侍先君提師鷺門晤小梅兄屢有聯吟從戎

自古屬書生梅妻鶴子先歸隱詩似冰壺徹底清

珠玉隨風散下來消寒觀我見眞才消寒十二詠觀我五詠清新俊逸不減唐音冷官自比梅花冷集中有句云冷官更甚梅花冷釀出

詩人是小梅

阿誰能覓散清涼身欲奮飛病在牀大才未展寄語久

纏雙豎子十年前已悟彭殤

芝宇睽違十四年余自乙卯歲注五羊至今未見尊顏維摩榻上晤

坡仙酬余一篋生花筆快讀眞同萬選錢

同文書庫・厦門文獻系列

第一輯

壹　王步蟾　小蘭雪堂詩集

貳　張茂椿　固哉叟詩集
　　翁吉人　寄傲山房詩鈔

叁　蘇大山　紅蘭館詩鈔

肆　沈琇瑩　寄傲山館詞稿　壺天吟

伍　林爾嘉　林菽莊先生詩稿

陸　李　禧　夢梅花館詩鈔

柒　余　謇　寶瓠齋襍稿（外三種）

捌　蘇警子　甲子雜詩合刊
　　謝雲聲　菲島雜詩　海外集

玖　羅　丹　稚華詩稿

拾　徐原白　同聲集

第二輯

壹　謝　祐　賦月山房尺牘

貳　黄　瀚　禾山詩鈔

叁　邱煒萲　揮麈拾遺

肆　林爾嘉
　　李　禧　頑石山房筆記　紫燕金魚室筆記

伍　蘇逸雲　臥雲樓筆記

陸　陳延謙　止園詩集
　　劉鐵菴　鐵菴詩存

柒　陳桂琛　陳丹初先生遺稿（外一種）

捌　賀仲禹　繡鐵盦叢集　繡鐵盦聯話

玖　蘇警子　二菴手札

拾　虞　愚　虚白樓詩

同文書庫·厦門文獻系列

第三輯

壹　胡　鉉　椽筆樓初集
貳　吳錫璜　吳瑞甫家書（外一種）
叁　邱煒萲　菽園贅談
肆　蘇逸雲　臥雲樓雜著
伍　蘇警予　曠劫集
陸　黄伯遠　莊克昌　紅葉草堂筆記　感舊録
柒　葉長青　松柏長青館詩
捌　海天吟社　鷺江梅社　海天吟社詩存　鷺江乙組梅社吟草
玖　林爾嘉　菽莊叢刻（外二種）
拾　陳桂琛　近代七言絶句初續集

第四輯

壹　吳葆年　吳兆荃　繪秋樓詩鈔　小梅詩存
貳　吕　澂　介石山房詩稿（外一種）
叁　邱煒萲　嘯虹生詩鈔
肆　李維修　寸寸集（外一種）
伍　沈覲格　拙廬談虎集
陸　江　煦　草堂別集　圭海集
柒　謝雲聲　靈簫閣謎話初集
捌　曾兆鼇　玉屏書院課藝
玖　林爾嘉　菽莊小蘭亭徵文録　鷺江泛月賦選
拾　江　煦　鷺江名勝詩鈔